UNE CÉLÈBRE

BARONNIE NORMANDE

PAR

L'Abbé GODEFROY

Directeur et Professeur de philosophie
au Séminaire de l'Abbaye-Blanche, près Mortain

ÉVREUX

IMPRIMERIE DE L'EURE

—

1897

UNE CÉLÈBRE

BARONNIE NORMANDE

PAR

L'ABBÉ GODEFROY

DIRECTEUR ET PROFESSEUR DE PHILOSOPHIE
AU SÉMINAIRE DE L'ABBAYE-BLANCHE, PRÈS MORTAIN

ÉVREUX

IMPRIMERIE DE L'EURE

1897

UNE

CÉLÈBRE BARONNIE NORMANDE

PREMIÈRE PARTIE

ORIGINES DE TORIGNI-SUR-VIRE. — APERÇU HISTORIQUE
JUSQU'A LA RÉVOLUTION

D'après certaines traditions, le nom de Torigni serait formé des mots latins *Turres, igneæ*, tours de feu. Les armoiries de la ville sont en effet deux tours embrasées, allusion, disent les uns, aux nombreux incendies qui désolèrent la petite cité à plusieurs reprises ; souvenir, prétendent les autres, du brillant courage avec lequel barons et manants du moyen-âge défendirent leurs remparts contre les attaques répétées des Normands et des Anglais.

Quelques érudits prétendent que Torigni est l'ancienne Belleroga des Gaulois dont l'historien Valérius, contemporain de l'Empereur Claude, a laissé une assez longue description (1). Suivant la même opinion, Belleroga aurait échangé son nom primitif contre celui de son dernier roi, Tô, et serait devenue le royaume de Tô, *Tô, regnum, Torigni*.

Certains auteurs attribuent à Torigni une origine germaine ; d'autres en font remonter la fondation à l'époque des invasions

___

(1) *Description et Histoire des Gaules*, liv. xx.

normandes. Suivant les premiers, une tribu de la Germanie, les Thorini ou Thoringiens, auraient occupé militairement, pendant la grande lutte engagée entre l'Austrasie et la Neustrie, un vaste territoire, à l'occident de ce dernier pays. La principale forteresse des Thorini (Thorineium castrum) serait devenue la ville de Torigni. A notre avis, cette opinion ne repose sur aucun document sérieux.

Si d'autre part, on attribue à Torigni une origine normande, comment admettre le récit de Robert de Torigni, qui raconte dans ses Chroniques que cette ville était, en 1120, c'est-à-dire un siècle environ après l'occupation définitive de la Neustrie par les Normands, une « cité riche, populeuse, commerçante et ornée d'édifices publics et particuliers. »

Ce n'est pas dans l'espace d'un siècle, à l'une des époques les plus troublées de l'histoire, qu'une ville peut prendre de tels développements.

D'ailleurs, la plus ancienne des églises de Torigni, Notre-Dame du Grand-Vivier, a été construite dans le style roman primordial, en vogue du v1e au xe siècle, antérieur par conséquent à la civilisation normande.

Si l'on ne connaît pas les origines précises de Torigni, on peut affirmer du moins qu'elles remontent à une haute antiquité. Plusieurs découvertes faites dans cette ville, au cours du xviiie siècle, en font foi. En 1718, on trouva dans le cimetière de N.-D. du Grand-Vivier, à 12 pieds de profondeur, un sarcophage contenant des cendres, un anneau en bronze, une cuirasse et une épée que l'on reconnut pour avoir appartenu à un chef de légion romaine.

En 1772, dans le sous-sol de la même église, des fossoyeurs mirent à jour les fondations d'une cheminée, des ferrailles, un pot en terre cuite d'une forme extraordinaire.

Dans les environs de la ville on a aussi découvert des restes de maisons, des voûtes souterraines qui portent le cachet des constructions romaines; des armes, des pièces de monnaie, des instruments ayant appartenu à une époque reculée.

Nous croyons que Torigni est d'origine romaine, et qu'il n'y a aucun rapport entre les Thorings et Torigni. Nous suivons, du reste, l'opinion de l'éminent archiviste de la Seine-Inférieure, M. Charles de Beaurepaire. « Notez, dit ce savant, que vous avez en France une douzaine de communes du nom de Torigny ou

Torigné. C'est là évidemment un nom de lieu, formé à l'époque romaine, du nom de *Taurinus*, *Torinus*, de même que Romagny vient de Romanus, Juvigny de Jovinus, Martigny de Martinus, etc. etc. »

Quoiqu'il en soit, l'histoire proprement dite de Torigni, fondée sur des documents certains, ne commence qu'à l'époque ou s'effectua la division du duché de Normandie en fiefs héréditaires, et les premiers barons dont les chroniques fassent mention furent Raoul et Roger qui vivaient vers le xie siècle.

Torigni au xiie siècle. — Sous ses premiers barons, Torigni était une place mal défendue. Mais l'aîné des fils de Henri Ier, roi d'Angleterre, étant devenu, par mariage, comte de Torigni, cette ville fut entourée de fortifications puissantes. « Or, dit le continuateur de Guillaume de Jumièges, livre viii, ch. 29, le premier né (du roi Henri), nommé Robert, fut marié par son père à une très noble jeune fille, nommée Sibylle, fille de Robert, fils d'Haimon et petite-fille, par sa mère Mabille, de Roger de Mont-Gomeri, père de Robert de Bellême, et en même temps son père lui concéda le très vaste héritage qui appartenait à cette jeune fille en vertu de ses droits, tant en Normandie qu'en Angleterre. Or l'héritage que Robert obtint en même temps que la main de cette jeune fille a pour chef-lieu Thorigni, ville municipale, située sur les confins des comtés de Bayeux et de Coutances, à deux milles environ en deçà de la rivière de Vire qui sépare les deux comtés. Après qu'il eut pris possession de ses droits, Robert, le fils du roi Henri, mit cette place à l'abri de toute tentative ennemie, en faisant construire de hautes tours et des remparts très solides, en creusant des fossés taillés sur la montagne dans le roc vif et en l'entourant presque de tous côtés de grandes piscines où l'on recueillait les eaux et qui rendaient impossible l'accès de la place. Quoique le terrain environnant soit peu propre à produire beaucoup de grain, la ville de Thorigni est cependant très peuplée; il y a des marchands de toutes sortes d'objets, elle est ornée de beaucoup d'édifices, tant publics que particuliers, et l'or et l'argent y sont en abondance. Le roi donna en outre à son fils la terre d'Haimon (le porte-mêts) (1) oncle paternel de son épouse. De plus, comme il n'eût pas suffi que le fils du roi possédât de vastes

(1) La baronnie de Creully. (Note de M. Duperron).

domaines, s'il n'avait en même temps un nom et les honneurs
d'une dignité publique, son père lui donna, dans sa bonté, le
comté de Glocester. »

Le château-fort des comtes de Torigni subsista jusqu'au règne
de Henri IV. Ce prince, souvent bravé par les seigneurs à l'abri de
leurs vieilles murailles féodales, conçut le dessein (repris plus
tard et exécuté impitoyablement par Richelieu) de les faire
abattre. Le maréchal de Matignon, toujours prêt à seconder les
projets légitimes de son royal maître et ami, s'empressa de démolir
les remparts de son château à l'exception d'une seule tour (1) que
son fils, Charles de Matignon, remplaça plus tard par le magnifique pavillon renaissance, situé au sud-ouest et que la pioche des
démolisseurs du XIX° siècle a laissé intact.

Les grandes piscines dont parle Guillaume de Jumièges existent
toujours; et l'un des quartiers de la ville, situé au nord, dans un
pli de terrain, porte encore le nom de Bon-Fossé.

« Les fossés de la ville de Torigni, creusés par Robert, comte
de Glocester, formaient leur enceinte par la rue toujours nommée
du Bon-Fossé, par la prairie du Val, l'abreuvoir de Notre-Dame,
les étangs du château, la prairie de Passelaie, la mare Hazard, la
rue Hamon et la rue Sorée (2). »

Les portes de la ville, au nombre de quatre, devaient être gar-
dées, en temps de guerre, par les seigneurs des fiefs de Dampierre,
du Breuil (3), de Bures et du Pont (4), à leurs frais, pendant dix
jours (5).

L'une ces portes était située près du moulin Malvoisin; une
autre, sur le puits Poullain et une partie du jardin de l'auberge
des Bons-Enfants, (ancienne rue du pont du Goullet); les deux
autres à l'entrée actuelle des routes de Caen et de Vire.

Il n'y avait pas de fossés du côté de la ville où pénètre la première de ces routes. Des défenses artificielles y suppléaient. A cent

(1) Voir la vue du château sur l'un des panneaux de la grande galerie historique du château de Torigni.

(2) Manuscrit de M. Duperron.

(3) Le chef-lieu de la seigneurie du Breuil était situé en la paroisse de la
Vacquerie (Calvados).

(4) Le chef-lieu de la seigneurie était situé dans la paroisse de Condé-sur-
Vire.

(5) Aveu rendu au roi par François de Matignon, le 25 février 1670.

Château de Thorigny

mètres environ en avant de l'ancienne porte, on voit encore la maison appelée le Plessis, qui servait de corps de garde aux 25 hommes du marquis de Dampierre. Ce logement renferme une chambre basse, munie d'une étroite ouverture, qui servait sans doute de prison.

Torigni possédait alors trois églises : celle de Saint-Amand, église primitive de la ville; celle de Saint-Laurent, chapelle succursale au début; et celle de Notre-Dame du Grand-Vivier. Celle-ci, avons-nous dit, a été construite entre le vie et le xe siècle. Saint-Laurent existait en 1033, car il en est fait mention dans une charte de Robert le Magnifique cédant à l'abbé de Cerisy le patronage de cette église. Saint-Amand est d'une date antérieure, puisque Saint-Laurent en était la chapelle succursale.

Il sera donné une description de ces trois églises au chapitre des monuments.

On peut donc se faire une idée assez exacte de la ville de Torigni au xiie siècle. Figurons-nous un vaste château bâti sur le roc, entouré de larges et hauts remparts protégés par des fossés profonds. Un pont-levis suspendu à des chaines retombe sur le fossé et donne accès à la porte ménagée dans le mur d'enceinte. La porte elle-même est défendue par la herse et deux tours, où se postent les défenseurs. Au sommet et tout le long du mur d'enceinte, des créneaux et des machicoulis. Le rempart est percé de meurtrières et ses différentes parties sont reliées par de fortes tours présentant les mêmes défenses. L'enceinte renferme les logements des gens du château et des guerriers, la demeure du seigneur, le *donjon*, tour colossale où se trouvent le trésor et les archives. Au sommet, la plate-forme ou guette, d'où la sentinelle surveille les environs. Sur le faîte de l'édifice flotte la bannière aux armes du seigneur.

Autour du château se groupent de nombreuses habitations où les serfs et les manants vivent sous la protection du baron féodal; on y voit aussi les écuries, la louveterie, la fauconnerie, en un mot « les communs du château de Torigni, si nombreux qu'on ne peut fouiller la terre aux alentours sans en rencontrer des vestiges (1). »

Les habitants de Torigni jouissaient du *droit de bourgeoisie* (2).

(1) Deschamps, *Notice sur la ville de Torigni et ses barons féodaux*, p. 112.
(2) *Usages locaux de la vicomté de Bayeux*, art. vi.

Dès le temps de Louis VI, un certain nombre de bourgs ou villes furent érigés en communes, c'est-à-dire émancipés de la tutelle des seigneurs ecclésiastiques ou laïcs et transformés en petites républiques indépendantes.

Les bourgeois ou membres des communes avaient le droit d'élire le maire ou majeur, et des échevins pour l'assister, d'organiser une milice pour la défense de la communauté, un tribunal pour régler les différends entre particuliers, de fixer les redevances à l'égard du souverain, la cotisation indispensable aux intérêts publics et privés.

Saint-Laurent, Notre-Dame, Saint-Amand de Torigni jouissaient des franchises et privilèges de la bourgeoisie (1). Les traditions locales rapportent même que les habitants de la campagne qui possédaient des maisons dans la paroisse de Notre-Dame, y envoyaient leurs femmes faire leurs couches, afin que si le nouveau-né était un garçon, il pût jouir des privilèges accordés aux bourgeois. Le bourg de Saint-Amand avait une franche bourgeoisie particulière et distincte de celle de Torigni et fort étendue, peut-être parce que Saint-Amand était la paroisse primitive de Torigni. Cependant le bourg était assujetti au paiement de la taille avec le surplus de la paroisse (2).

D'après le témoignage du continuateur de Guillaume de Jumièges, cité plus haut, Torigni était au XIIe siècle, une ville riche et commerçante; elle avait des manufactures de draps nombreuses et renommées, mais dès le siècle suivant, les incendies et les ravages de la guerre vinrent mettre un terme à cette prospérité (3)

Torigni fut en effet ravagée plusieurs fois par de terribles incendies. En 1150, Geoffroy, duc de Normandie, brûla un grand nombre de maisons, au sud du château. En 1209, la ville entière fut la proie des flammes : alors Philippe-Auguste permit aux bourgeois de prendre du bois dans ses forêts pour rebâtir leurs demeures (4).

La guerre de Cent ans surtout porta un coup funeste au com-

(1) Aveu du comte de Torigni rendu le 25 février 1670.
(2) Manuscrit de M. Duperron, p. 19.
(3) Aveu du comte de Torigni rendu le 25 février 1670.
(4) Extrait d'un cartulaire conservé dans l'abbaye des Bernardins de Torigni.

merce qui faisait la richesse de Torigni. La ville fut pillée à plusieurs reprises par les Anglais qui s'en emparèrent une première fois en 1418. Le gouverneur de la ville pour le roi d'Angleterre, Henri V, fut un certain chevalier du nom de Topham : alors furent saccagées l'abbaye des Bernardins et les riches manufactures de draps (1).

La petite garnison anglaise eut fort à faire contre les habitants du pays qui, privés de leurs biens, réduits à la dernière extrémité et ennemis par nature des gens d'outre-mer, s'étaient constitués en bandes de « brigands, » « mourant et ne se rendant jamais. » Des récompenses étaient réservées aux soldats anglais qui capturaient un seul de ces ennemis redoutables. « Thomas Young et Guillaume Laisné reçurent 6 livres tournois pour leur salaire d'avoir tué Jehan Normandie, du pays de Caux, traître, ennemy et adversaire du roy (Henri VI), pour ce qu'il ne voulait se rendre. »

Torigni eut aussi beaucoup à souffrir des violences des huguenots, particulièrement en 1561 et en 1562. Il s'emparèrent du château et détruisirent les moulins et les fouleries rétablis après la guerre de Cent ans et assez prospères depuis un demi-siècle.

Chassés de Torigni, les calvinistes se répandirent dans les campagnes voisines où ils se livrèrent aux plus honteux excès, massacrant les catholiques, pillant les monuments religieux et mettant à mort plusieurs ecclésiastiques dans les églises de Saint-Louet-sur-Vire et de Guilberville (2).

Au moyen-âge, Torigni avait eu ses lépreux qui étaient relégués dans un établissement situé à deux kilomètres à l'ouest de la ville, sur la paroisse de Notre-Dame. L'emplacement de cette triste demeure porte encore le nom de Maladrerie, et l'on montre aux environs la fontaine, le chemin aux lépreux.

Au xviiie siècle, la ville, déjà bien déchue de son ancienne prospérité, fut encore ravagée par deux terribles incendies. L'un en 1704, occasionné par l'imprudence d'un cuisinier de M. de Mati-

(1) Celles-ci étaient situées sur l'étang du château alors nommé le Grand Vivier qui s'étendait jusques sur la chaussée Notre-Dame. Il y avait sur les deux côtés des places ou palis, pour étendre les draps. Les seigneurs de Torigni avaient le droit de bougon sur chaque pièce de drap sortie des fouleries. (Manuscrit de M. Duperron).

(2) Extrait du manuscrit d'Arthur Lebrun, de Guilberville, cité par M. Duperron.

gnon, détruisit un tiers des maisons; l'autre allumé en 1712, endommagea fortement les greffes, l'auditoire et le dépôt public des actes notariés (1).

Nous verrons plus tard en détail la situation de Torigni à la veille de la Révolution.

DEUXIÈME PARTIE

—

LES SEIGNEURS DE TORIGNI.

CHAPITRE Ier
DES ORIGINES A JEAN DE MATIGNON.

Dans le partage que fit Rollon de la terre de la Neustrie qu'il venait d'obtenir de Charles le Simple, roi de France, au traité de Saint-Clair-sur-Epte (912), Torigni devint une baronnie, mouvant directement de la couronne.

Cette baronnie fut érigée en comté en 1565; elle eut toujours pour seigneurs des rois ou des personnages considérables.

Raoul et Robert. — Les premiers barons dont l'histoire fasse mention sont Raoul et Robert, qu'Ordéric Vital (2) appelle « Raoul et Robert de Toni ou Toëni. » Ces deux seigneurs prirent part à la guerre entre Richard II, duc de Normandie et Eudes, comte de Chartres et de Blois.

Richard ayant fait bâtir le château-fort de Thuillières qui menaçait la ville de Dreux, occupée par Eudes, en confia la garde aux barons de Torigni et à Néel, vicomte de Cotentin et gouverneur de Coutances. Dans une tentative contre le château, les gens d'Eudes furent repoussés. Ceux qui échappèrent à la mort où à la captivité, « prirent la fuite à travers les champs, et allèrent chercher des refuges dans les profondeurs des forêts (3). »

---

(1) Manuscrit de M. Duperron.
(2) *Histoire ecclésiastique de Normandie.*
(3) Guill. de Jumièges, *Hist. de Norm.*, liv. 5, p. 124.

Hamon-Dentat. — La baronnie de Torigni passa ensuite aux mains de *Hamon-Dentat* ou *le Hardi*, que la Chronique de Normandie qualifie de seigneur de Torigni, Bercy et Creully.

Ce seigneur, frère utérin de Néel, vicomte de Cotentin, descendait par son père du duc Rollon.

Il prit une large part dans la révolte de Guy de Bourgogne contre Guillaume le Bâtard. Robert le Magnifique ayant laissé le duché de Normandie à son fils naturel, Guillaume, les parents du jeune duc s'indignèrent de ce qu'ils appelaient une « infamie » (1) et favorisèrent les projets d'un de ses cousins, Guy de Bourgogne, qui brigua la succession de Robert (2).

Hamon-Dentat fut des révoltés. Ceux-ci eurent à combattre le roi de France en personne, Henri Ier, qui vint au secours du jeune Guillaume. La rencontre eut lieu au *Val-des-Dunes*, près Argences, le 10 août 1047. Le duc fut victorieux. Hamon de Torigni se battit vaillamment. faillit s'emparer du roi, mais fut tué avec un de ses frères. Son corps, trouvé après l'action, fut porté à Esquay et enterré devant la porte de l'église (3).

> A Esquay fut d'ileuc porté
> Et devant l'église enterré (4).

Un fait digne de remarque, et qui prouve l'importance, dès cette époque, de la baronnie de Torigni, c'est qu'à cette bataille du Val-des-Dunes, le cri de combat des Français de Henri Ier fut *Montjoie-Saint-Denis*, celui de Guillaume, *Dex aïe!* tandis que les chevaliers de Hamon criaient *Saint-Amand*, qui était alors le patron de la paroisse primitive de Torigni (5). »

Vainqueur des révoltés, Guillaume s'empara de tous les biens de Hamon qui laissait trois fils : *Robert Hamon, Richard*, seigneur de Granville en Normandie et de Bedford en Angleterre et *Hamon*, grand maître d'hôtel du roi (6).

(1) S. Prosper, *Hist. de France*, p. 120.
(2) Dumoulin, *Hist. génér. de Norm.*, p. 137.
(3) Guillaume de Poitiers, *Vie de Guillaume le Conquérant.*
(4) Wace, *Roman du Rou.*
(5) Deschamps, *Notice.....*, p. 23.
(6) *Dictionnaire de Moreri*, au mot Granville; *Chronique de Normandie*, page 71-74; Dumoulin, page 137-140.

Robert Hamon. — Robert, fils aîné de Hamon-Dentat, fut un des plus illustres seigneurs de son époque. Ses exploits lui valurent le surnom de *Grand*.

Il fit preuve de tant de bravoure à la bataille de Hastings, aux côtés de Guillaume le Conquérant que celui-ci lui fit remise des fiefs de Torigni, Creully, etc. confisqués après la bataille du Val-des-Dunes.

Le second fils du Conquérant, Guillaume le Roux, étant devenu roi d'Angleterre, Robert de Torigni devint comte de Glocester et de Bristol, possesseur d'immenses domaines en Angleterre, seigneur très influent à la cour.

Pendant que Guillaume régnait en Angleterre, l'aîné de ses frères, Robert, gouvernait le duché de Normandie. Celui-ci étant parti pour la 1re croisade, Guillaume mourut. Alors Henri, le plus jeune des fils du Conquérant, s'empara de la couronne d'Angleterre.

A son retour, Robert prit les armes contre son frère Henri; mais celui-ci envahit ses Etats et guerroya longtemps en Normandie. Dans cette lutte fratricide, Robert Hamon qui dépendait à la fois des deux frères, à cause de ses fiefs d'Angleterre et de Normandie, prit parti pour Henri contre Robert que ses vices et sa mauvaise administration rendaient odieux.

En 1105, dans une expédition aux environs de Sicqueville en Bessin, Robert de Torigni fut enveloppé par un fort parti d'ennemis, assiégé et pris dans l'église de Sicqueville, puis conduit prisonnier à Bayeux (1). En 1106 il fut délivré par le roi Henri lui-même, qui était venu mettre le siège devant la ville.

La même année, Robert fit une capture importante. Il se fit livrer par le baron de Saint-Rémy plusieurs bourgeois de Caen qui avaient été faits prisonniers en se rendant à Rouen. Liberté leur fut promise sans rançon, à condition qu'ils livreraient leur ville. Ils acceptèrent et tinrent parole (2).

Peu de temps après, une rencontre décisive eut lieu à Tinchebray entre Henri d'Angleterre et son frère Robert. L'avantage resta à Henri. Robert, fait prisonnier, eut les yeux crevés et fut enfermé dans l'abbaye de Redingue, en Angleterre. Robert de

(1) Dumoulin, *Hist. génér. de Normandie*, p. 284.
(2) Ibid., p. 285.

Torigni, qui avait combattu avec bravoure dans les rangs de Henri, fut comblé de biens et de dignités.

Mais il mourut peu de temps après, au siège de Falaise qui tenait encore pour le duc Robert. Atteint d'une flèche à la tête, il perdit la raison, et fut transporté en Angleterre où il mourut, l'an 1107. Son corps fut déposé dans le monastère de Tewkesbury qu'il avait fait bâtir cinq ans auparavant, à la prière de son épouse, Sibylle, fille du comte Montgommery.

Robert de Glocester. — La fille aînée de Robert de Torigni, Mabille, épousa le fils naturel de Henri Ier, roi d'Angleterre, Robert de Kent. Mabille, ayant refusé tout d'abord la main d'un prince bâtard, le roi créa Robert, comte de Glocester et baron de Creully, lui donna le commandement des villes de Bayeux et de Caen et de toutes leurs dépendances (1).

A la mort de Henri, qui avait désigné comme son héritière au trône, la princesse Mathilde sa fille, mariée d'abord à Henri V, empereur d'Allemagne, puis en secondes noces à Geoffroy Plantagenet, comte d'Anjou, Robert de Glocester renouvela le serment de fidélité qu'il avait prêté à sa sœur, du vivant de Henri, et se déclara l'adversaire déterminé de son compétiteur au trône, Etienne de Blois, neveu et favori du roi défunt.

Il accueillit la reine Mathilde dans son château de Creully, et, de sa forteresse de Torigni envoya un défi à Etienne.

Celui-ci s'empara des biens de Robert en Angleterre. Alors Robert avec Mathilde quitte la Normandie, aborde en Angleterre, soulève un grand nombre de barons, livre bataille à Etienne, près de Lincoln, le fait prisonnier et le remet aux mains de Mathilde qui l'interna dans le donjon de Bristol.

Etienne cependant fut remis en liberté, reprit les armes, fut de nouveau vaincu par le sire de Torigni. Mais la mort de celui-ci amena la chute de Mathilde qui fut forcée de se réfugier en Normandie. Une transaction eut lieu entre les deux adversaires. Il fut convenu qu'Etienne garderait le sceptre jusqu'à sa mort et le remettrait à Henri Plantagenêt, fils de Mathilde (2).

Robert de Glocester a laissé un beau renom de bravoure, de loyauté, de science même, car s'il se distingua comme capitaine,

(1) Aug. Thierry, *Hist. de la Conq. d'Anglet. par les Norm.*, t. II.
(2) Orderic Vital, ch. 13.

il acquit aussi de la gloire par ses écrits, ses connaissances philosophiques, ses harangues militaires. Ce fut lui qui donna à Torigni ces fortes murailles, ces fossés infranchissables dont nous avons déjà parlé (1).

Les fils les plus illustres de Robert furent Richard de Kent, évêque de Bayeux, puis archevêque de Rouen, l'une des gloires de l'église normande; Robert dont il sera fait mention au chapitre des hommes illustres; *Guillaume* qui devint comte de Glocester et baron de Torigni (2).

Guillaume de Glocester (3). — Ce baron n'a pas joué un rôle important. Il maria sa fille Isabelle (4) à l'un des fils de Henri II, le prince Jean, connu dans l'histoire sous le nom de Jean sans Terre. Isabelle fut répudiée et remplacée par la fille du comte d'Angoulême (5). Mais Jean sans Terre garda les seigneuries de Glocester et de Torigni, qui *échappèrent ainsi aux descendants de Hamon-Dentat* (1200).

Jean sans Terre, baron de Torigni. — Sous Hamon et ses successeurs, Torigni avait joui d'une prospérité, extraordinaire à cette époque si troublée. Il n'en fut probablement pas de même sous Jean sans Terre, dont la rapacité n'est que trop connue.

Heureusement ce prince céda bientôt la baronnie à *Hervé de Rie,* seigneur de Cosne dont la fille épousa *Guy de Châtillon,* fils ainé du comte de Saint-Paul (1218) (6).

De la maison de Saint-Paul, Torigni et ses dépendances passèrent aux mains du *comte de Claire:* mais ce dernier ayant pris parti pour Jean sans Terre, Philippe-Auguste rendit la baronnie à Guy de Châtillon (7).

Celui-ci n'eut qu'une fille, Yolande, qui donna sa main et la seigneurie de Torigni à Archambault, *sire de Bourbon.* De ce mariage naquirent deux filles dont l'ainée, Mahaut, fut baronne de Torigni et épouse d'Eudes de Bourgogne (1237). Mahaut eut quatre filles

---

(1) Dumoulin, *Hist. gén. de Normandie,* p. 354.

(2) *Chronique de Normandie,* p. 145-146; Dumoulin, p. 285; Guillaume de Jumièges, liv. 7, ch. 29; *Monasticum anglicanum,* t. ɪ, p. 154 et 155.

(3) Mémoire sur Creully. *Nouvelles recherches de la France,* t. ɪ, p. 263.

(4) *Généalogie d'Harcourt,* par La Roque.

(5) *Essai hist. sur Caen,* t. ɪɪ, p. 399.

(6) *Hist. génér. de la Mais. de Châtillon,* par Duchesne, lib. ɪɪɪ, cap. 1°.

(7) *Neustria pia,* p. 915.

Marguerite l'aînée, étant devenue veuve de Charles d'Anjou, roi de Jérusalem et des Deux-Siciles (1285) vendit à *Pierre de Chambli* « la ville de Torigni, la paroisse du Perron, et ce qu'elle avait dans celles de Guilberville, Montbertrand, Placy, Saint-Symphorien, Dampierre et Biéville (1). »

Philippe le Bel, baron de Torigni (1288). — Pierre de Chambli céda ces domaines à Philippe le Bel qui lui donna en contre-échange 700 l. de revenu sur la coutume de Chambli et toute la seigneurie de la ville (2).

Louis le Hutin garda la baronnie de Torigni, mais son frère et successeur, Philippe le Long, cassa l'échange fait par Philippe le Bel, de telle sorte que Louis de Chambli rentra en possession des biens cédés par son père.

Jeanne, sœur de Louis, avait épousé le seigneur *de Vienne*. Son fils, Hugues, seigneur d'Espagni, devint baron de Torigni, et obtint le droit de haute justice. Il pourvut ses domaines d'un sénéchal pour rendre justice à ses vassaux et pour avoir soin du temporel de son Hôtel-Dieu (3).

En 1370, Hugues vendit sa baronnie de Torigni à Hervé de Mauny, chevalier, conseiller et chambellan du roi Charles V (4).

Les De Mauny, barons de Torigni. — *Henri de Mauny* (5), cousin-germain et compagnon d'armes de Bertrand Duguesclin, était breton comme lui. Il le suivit dans presque toutes ses campagnes contre le roi de Navarre et les Anglais. Il assista aux batailles de Cocherel, d'Auray, de Navarette et de Monteil, et partagea deux fois la captivité du brave connétable. Il se rendit célèbre par ses exploits. Froissard raconte qu'un Anglais, nommé Bolleton, s'étant présenté, au retour d'une chasse à travers champs, devant les murs de Rennes assiégé, avec six perdrix en sa main, le brave Mauny se fit fort de les lui prendre. Un combat singulier eut lieu sous les regards des dames de la ville, et après une lutte acharnée,

(1) Manuscrit de M. Duperrou.
(2) Extrait d'un registre de la Chambre des Comptes, intitulé Registre Cotté, Bel. fol. 1er.
(3) Cet Hôtel-Dieu avait été bâti en 1221, par Gui de Châtillon. Il en sera parlé au chapitre des établissements utiles.
(4) *Hist. de Bretagne*, par D'Argentré, Liv. 5. ch. 12.
(5) C'est ce Mauny que Déroulède a fait figurer dans son beau drame intitulé « Messire Duguesclin. »

Mauny amena aux pieds des dames et perdrix et chevalier (1).

En 1372, Mauny fut nommé chambellan de Charles V; en 1378, lieutenant-général de ses armées (2).

Sa première femme, Marie de Craon, lui donna deux fils, Olivier et Hervé. L'aîné hérita de ses domaines de Torigni et de Hambie, où était le château de Mauny (3).

Olivier ne put défendre Torigni contre les Anglais qui l'occupèrent pendant 31 ans (1418-1449). Le gouverneur anglais s'appelait Topham (4).

Chassé de sa baronnie, Olivier de Mauny se retira derrière les remparts du Mont-Saint-Michel et contribua à la glorieuse défense de 1424.

Vingt-cinq ans après, grâce aux succès du connétable de Richemond, il rentra en possession de Torigni et de ses dépendances. A la bataille de Formigny, qui délivra la Normandie des Anglais, Olivier commandait les archers français qui décidèrent de la victoire (5).

Il mourut en 1450, laissant une fille, Marguerite (6), qui avait épousé *Jean Goyon, sieur de Matignon*, grand écuyer de France.

Par son mariage avec Catherine de Thiéville, Olivier avait ajouté la seigneurie de Mesnil-Garnier à celle de Torigni.

A sa mort, Jean de Matignon devint baron de Torigni. Ses successeurs conserveront la baronnie jusqu'à la Révolution française et se distingueront par leurs exploits militaires et leur amour des arts. Ils seront un jour les plus puissants et les plus distingués des seigneurs de Normandie. Les plus nobles maisons, les souverains eux-mêmes ne craindront pas de contracter alliance avec eux.

(1) Froissard, p. 369.

(2) *Grands officiers de la Couronne*, t. v, p. 389.

(3) *Histoire de la Maison de Sablé*, par Ménage.

(4) *Hist. de Bretagne*, par D'Argentré, liv. xii, ch. ix.

(5) Olivier avait eu un fils, du même nom, qui mourut en 1424, à la bataille de Verneuil.

(6) V. *Mém. de Duclerq*, p. 19, liv. 1er, ch. 25.

CHAPITRE II

LES SIRES DE MATIGNON.

—

1º *Origines de la famille Goyon de Matignon.*

L'illustre famille des Gouyon ou Goyon de Matignon (1) originaire de Bretagne, est très ancienne. Il est fait mention d'un de ses membres, Bertrand, dans un vieux manuscrit trouvé à l'abbaye de Saint-Aubin-des-Bois, fondée ainsi que celle de Saint-Jacut, par les sires de Matignon.

Ce manuscrit (2), traduit du latin en français par un prieur de l'abbaye, Guillaume l'Amant (1280), débute ainsi :

> « Et est ce beau livre en latin
> Que moi, prior de Saint-Aubin
> Jadis de la fondation
> Des ayeux du sire Gouyon
> Frater Gullelmus dit l'Amant,
> Ai translaté par le commandement
> De dame Jeanne de Bretagne (3),
> De Bertrand Gouyon la compagne
> En mil deux cents quatre vingts
> Que de translater ce m'advint. »

Selon ce titre, la famille de Matignon était la première de Bretagne après celle du souverain. Il porte que vers l'an 383 l'empereur Maxime laissa en Bretagne, avec le titre de Roi, un de ses lieutenants, Conan-Meriadeck, et lui donna, pour défendre sa conquête, 43 officiers ou *bannerets*. Ceux-ci, partagés en trois bandes, furent placés sous le commandement de trois chefs appelés *mathiberts* ou *malibernes*. Le premier des mathiberts fut un certain Gouyon, chef de la maison qui nous occupe.

---

(1) Les armes de la Maison de Matignon étaient d'argent au lion de gueule, armé et couronné d'or, écartelées d'Orléans, Longueville et Bourbon. Ils portaient écrits autour de leurs écus : Liesse à Matignon.

(2) Intitulé : *Hic est liber sive memoriale antiquatum Britannicarum et fundationis abbatiæ S. Albini binorum ex hâc patriâ*.....

(3) Fille de Jean Le Roux, duc de Bretagne.

Au temps de l'invasion des Normands, le duc Alain-Barbe-Torte, gouvernait la Bretagne. Chassé de ses Etats par Rollon, il s'enfuit avec les siens en Angleterre. Après cinq ans de séjour dans cette île, il résolut de reprendre la Bretagne aux Normands (1). Goyon, sire de Matignon, et cousin du duc, fut mis à la tête de la flotte, débarqua dans le port de Matignon, et tailla les Normands en pièces (936).

> Icel jeune Alain élevé
> Du sang royal comme est trouvé
> Empreinta nefs en Angleterre,
> Pour retourner en sienne terre :
> O quant à sa gent fut venu
> Il fit prêt sur gros et menu.
> Un simple banneret qui se clamait Gouyon
> Conduisit celle classe au port de Matignon
> Où arrivé que fut il descendit sans faille,
> Et mis grands et petits en ordre de bataille.
> Si advint qu'environ l'an neuf cent trente six
> En Bretagne Normands Danois furent occis,
> Par habitants du pays et gens de toute sorte
> Après que passé mer furent sous Barbe-Torte (2).

Sire Goyon fit bâtir une tour fortifiée sur la pointe d'un rocher, proche Matignon, à l'entrée de la baie de la Fresnaye, et lui donna le nom de la Roche-Gouyon (3).

Ce héros laissa un fils qui ne fit sans doute rien de remarquable, car les chroniques ne font que mentionner son nom.

Son successeur, N. Goyon de Matignon, obtint aux Etats de Bretagne, en 1059, la préséance sur tous les seigneurs de la province.

Etienne Goyon, premier banneret de Bretagne, se montra digne de cet honneur et accompagna le duc Alain Fergent, allié de Guillaume-le-Conquérant, à la conquête de l'Angleterre (1066) et en Terre-Sainte (4).

(1) V. J. Janin, *Hist. de Bretagne*, p. 99.
(2) De Callières, *Hist. du Maréchal de Matignon*, ch. ɪ, p. 8.
(3) Ce fort devint la propriété de l'Etat sous Louis XIV. Le grand roi le fit restaurer par un élève de Vauban. Depuis cette époque, il est devenu le château de la Latte et appartient aujourd'hui au duc de Feltre.
(4) L'un des grands tableaux de la galerie historique du château de Torigni représente l'embarquement du duc et d'Etienne Goyon pour la Terre-Sainte.

Après Etienne, vint Denis Goyon, insigne bienfaiteur de l'abbaye de Saint-Jacut, qui laissa deux fils, N. Goyon et Etienne. Le premier fut sire de Matignon et premier banneret de Bretagne. A sa mort il laissa ses titres et possessions à son fils Etienne II qui les légua lui-même à Bertrand Goyon. Bertrand eut deux enfants Jean et Lucie. Jean eut un fils d'Agnès de Coron, Bertrand, mais celui-ci étant mort sans postérité, la branche aînée de Matignon disparut vers la moitié du XIIIᵉ siècle.

Lucie épousa son cousin Etienne et ainsi se fusionnèrent les deux branches collatérales issues de Denis Goyon. Le second fils de Denis, Etienne, frère cadet de N. Goyon, avait épousé, vers 1160, Marie Merdrignac, d'une illustre famille, qui lui donna entre autres enfants, Alain à qui ses grandes qualités et le renom de ses ancêtres valurent une alliance fort avantageuse.

Alain eut de sa femme Goloya, Etienne III, qui devint le mari de sa cousine Lucie, dont nous venons de parler. De ce mariage naquit Etienne IV dont le fils, Bertrand Iᵉʳ, épousa Jeanne, fille de Jean Le Roux, duc de Bretagne. Par cette alliance, la maison de Matignon devenait l'alliée des Maisons de Bretagne et de France. Jean Le Roux était en effet le petit-fils de Robert, fils du roi Louis VI.

Bertrand, mort en 1324, laissa deux fils, Etienne et Philippe. Philippe eut pour fille Bertrande qui donna le jour au célèbre Bertrand Duguesclin. Etienne V, frère de Philippe (1271-1330 ?), épousa Jacqueline de Rieu dont il eut Etienne, Pierre et Philippe. Etienne VI prit parti pour la Maison de Blois dans la grande querelle de la succession de Bretagne : il retira de cette entreprise beaucoup de réputation et des biens considérables.

De ses six enfants, l'aîné, Alain, sire de Matignon, mourut sans postérité ; le cadet Bertrand II, fit grande figure dans la guerre contre les Anglais ; à la journée de Cocherel, il porta vaillamment la bannière de son cousin Duguesclin ; moins heureux, quoique non moins brave, il trouva la mort sur le champ de bataille de Navarette, en Espagne.

Son fils, Bertrand III (1343-1404) fut comme ses ancêtres, depuis Etienne IV, grand chambellan de Bretagne : il se distingua dès l'âge de 12 ans dans une expédition contre le comte de Flandres. Il laissa comme héritier Jean de Matignon qui après maints exploits contre les Anglais (1), obtint la main de Marguerite de Mauny, fille d'Olivier de Mauny, seigneur de Torigni et son unique héritière.

2° *Les Matignon, sires de Torigni.*

Devenu l'époux de la fille du sire de Mauny, Jean Gouyon de Matignon, premier banneret de Bretagne et grand écuyer de France, quitta l'antique demeure de ses ancêtres et vint habiter Torigni (2). Dès lors il ne porta plus que le nom de Matignon, laissant celui de Goyon à son puiné, maréchal de Bretagne qui fut la tige de la famille des marquis de la Moussais, laquelle conserve encore aujourd'hui le nom et les armes de Goyon (3).

Jean de Matignon eut deux fils de son mariage avec Marguerite de Mauny, Bertrand et Alain. Celui-ci, créé grand Chambellan par le roi Charles VII au siège de Caen (4), devint bailli de cette ville, qu'il administra avec beaucoup de sagesse. Son frère ainé, Bertrand IV, fut nommé grand écuyer de France, pendant le même siège de Caen. Marié à Jeanne Duperrier, fille du comte de Quintin, il en eut trois garçons, dont l'aîné, Guy, reçut la baronnie de Torigni et devint bailli de Caen. Louis XI obtint pour lui la main de la duchesse de Laval. Celle-ci ne lui ayant pas laissé d'héritier, il épousa en secondes noces Péronne de Jancourt, sœur ainée de l'amiral Annebaud. Elevé en 1485 à la dignité de grand chambellan de Bretagne, il mourut en 1497. Son corps fut déposé dans le caveau de la chapelle Saint-Pierre, à Torigni. Guy laissait trois enfants, Joachim, Anne et Jacques (5).

(1) Dans un des grands tableaux de la galerie du château de Torigni, il est représenté avec son père Bertrand qui commandait l'armée navale du roi au siège de Saint-Malo, 1393.

(2) *Château des Mauny à Hambye.* Il ne reste rien aujourd'hui de ce château, élevé dans les premières années du xive siècles, à peu de distance de l'abbaye de Hambye, sur les bords de la rivière de Sienne. Il n'eut un peu d'importance que pendant cinquante ans environ : car, dès le xive siècle, il ne pouvait plus servir de point de défense.

(3) Callières, *Hist. du Maréch. de Matignon*, liv. I, ch. II, p. 10.

(4) Dans l'un des grands tableaux de la galerie déjà citée, Charles VII est représenté conférant aux deux frères les dignités de grand chambellan et de grand écuyer de France.

(5) Lors de la mort de Guy de Matignon, le domaine non fieffé de la baronnie de Torigni ne consistait que dans l'emplacement du château, la basse-cour,

Joachim, sire de Matignon, de la Roche-Gouyon et de Torigni, devint chambellan du roi, son lieutenant-général et vice-amiral pour toute la Normandie. C'était un prince savant et sage. Il mourut en 1517 sans postérité.

*Jacques I*er, hérita de ses biens. François Ier, qui l'avait en grande estime, le nomma colonel-général des Suisses pendant les guerres d'Italie (1). Il se distingua à Pavie et mourut dans le Piémont des suites des nombreuses et glorieuses blessures, reçues sur les champs de batailles. Il laissait trois enfants qu'il avait eus de la noble dame Anne de Silly, fille et héritière en partie de François de Silly, chevalier, seigneur de Lonray et de plusieurs autres terres, chambellan du roi, grand veneur et grand maître des eaux et forêts du duché d'Alençon.

Aux titres nobiliaires de Jacques, le roi François Ier avait joint celui de seigneur de la Roche-Tesson. Voici à quelle occasion.

Le connétable de Bourbon ayant ourdi un abominable complot contre le roi de France, Matignon et d'Argouges, tous deux Normands et attachés à la personne du traître, surprirent ses intrigues et essayèrent de le détourner d'une voie si funeste.

quelques jardins potagers, le tout contenant cinq à six vergées ; deux étangs l'un au-dessus du château, l'autre au-dessous ; les deux garennes dans les champs de l'abbaye, sur la paroisse de Saint-Amand, contenant environ cinq vergées ; l'emplacement des halles du marché de Torigni, les bois de Montbertrand, Saint-Symphorien et Dampierre ; 25 vergées de terre en pré dans les paroisses de Saint-Louet, Giéville et Dampierre ; les moulins de Placy et de Bellée, avec la moitié de ceux de Houdon et de Hébert ; les droits de coutume, de hallage et étalages des foires et marchés de Torigni ; le droit de guet et de garde du château ; les droits d'aulnage, poudrage, champart, relief, treizième et droits casuels.

Les rentes du domaine fieffé des terres et seigneuries de Saint-Amand, Le Perron, Placy, Saint-Symphorien, Montbertrand, des fiefs de La Haye, de Vienne, de Giéville et de Putot, montaient à 213 l. 12 d. 22 — d'argent, 17 boisseaux de froment, 1,708 rasières et demie d'avoine ; 254 boisseaux d'avoine, 226 chapons et demie, 569 poules et demie, deux livres de poudre, dix perdrix, deux œufs et deux livres de cire.

Cette évaluation fut faite au mois de mars 1498 par les commissaires de la Chambre des Comptes, à cause de la garde noble de la baronnie de Torigni échue au roi par la minorité des enfants de Guy de Matignon.

(Notes de M. Duperron.)

(1) L'un des grands tableaux de la galerie historique du château de Torigni le représente défilant à la tête de ses troupes devant François Ier et la cour.

Matignon, dans un admirable langage que nous a conservé l'historien Mézerai (1) rappela ses devoirs au connétable. Celui-ci ayant persisté dans ses coupables desseins, Matignon et d'Argouges le dénoncèrent au roi. En récompense de sa fidélité, Matignon reçut la seigneurie de la Roche-Tesson.

Jacques II, Maréchal de Matignon. — Jacques Ier, sire de Matignon et baron de Torigni eut pour successeur son fils Jacques II.

Jacques II qui prit part aux grands événements politiques et religieux qui ont signalé les règnes des derniers Valois et le début du gouvernement de Henri IV, est une des plus belles figures du xvie siècle. C'est le type du conseiller avisé, du sage et vaillant capitaine, du catholique fidèle.

Jacques II naquit le 16 septembre 1525 au château de Lonray (2), près d'Alençon. Elevé par sa mère, la noble et vertueuse dame de

(1) Mézerai, t. ii, p. 935.

(2) En 1200, époque où pour la première fois il est fait mention dans l'histoire du château de Lonray, cet important domaine était entre les mains de la famille de Neuilli. En 1307, Guillemette, de cette noble maison, épousa Robert de Silly dont les descendants furent pendant plus de deux siècles, seigneurs de Lonray. En 1517, Anne, seule héritière des Silly, ayant épousé Jacques Gouyon, fit entrer par cette alliance les biens de sa maison dans celle des Matignon, sires de Torigni. De ce mariage naquit, le 18 septembre 1525, Jacques II, futur maréchal de France. Quelques auteurs le font naître au château de Gacé, mais la première opinion nous paraît plus fondée.

Le château de Lonray, deux fois brûlé par les Anglais, fut reconstruit au xvie siècle. Il fut embelli par les soins de J.-B. Colbert de Seignelai qui en était devenu possesseur en 1684, par son mariage avec Catherine de Matignon. Ce fut à cette époque que la baronnie de Lonray fut érigée en marquisat.

En 1712, une petite-fille des précédents épousa un Montmorency-Luxembourg. En 1786, le château fut vendu à un négociant d'Alençon, Jacques Mercier dont le fils devint baron de l'empire, chevalier de la Légion d'honneur, conseiller général, député et maire d'Alençon. Mercier fit du château de Lonray un des plus beaux de la Normandie. Cette résidence fut vendue vers 1850 au comte de Sérincourt, et passa ensuite à M. Donon, vers 1863. Enfin, à la fin de l'année 1892, M. le comte Le Marois en devint acquéreur.

La partie du château qui était encore debout en 1820, a été depuis complètement détruite. A la place une construction nouvelle a été faite par le comte de Sérincourt. « Dernièrement, à l'endroit du parc où était l'ancienne chapelle, dédiée à l'archange Saint Michel, on a retrouvé le caveau funèbre des anciens seigneurs, et dans ce caveau une pierre scellée renfermant un cœur embaumé qu'on croit être celui de Jacques de Matignon, maréchal de France. » (Chanoine Blin).

Silly, il montra bientôt de grands sentiments de piété, un esprit vif et ouvert. Envoyé près de François Ier « pour être nourri enfant d'honneur de Monsieur le Dauphin » (1), il sut se conserver pur et simple au milieu de la cour voluptueuse et machiavélique des Valois. L'enfant prit le goût des arts qui étaient alors en honneur, et les lauriers que cueillaient sur tant de champs de bataille nos meilleurs capitaines, excitèrent ses sympathies pour le noble métier des armes. Il devint l'émule des plus vaillants soldats, et bientôt, des plus habiles capitaines.

Sa valeur éclata surtout dans les guerres que la France soutint contre Philippe II. Vaillant et habile entre tous aux sièges de Metz et d'Hesdin, il mérita le commandement d'une brigade de cavalerie qui mit en relief ses grandes qualités militaires.

La reine-mère. Marie de Médicis, sut apprécier surtout sa prudence et sa perspicacité dans les conseils, et pendant la minorité de son fils, François II, elle s'inspira de ses avis et le nomma au poste brillant, mais périlleux, de lieutenant-général du roi en Basse-Normandie.

Alors les Calvinistes de cette province, soutenus par leurs voisins d'outre Manche, s'agitaient violemment. Matignon très avisé, surprit toutes leurs menées, déjoua tous leurs plans et leur fit une guerre acharnée, quoique toujours loyale.

Après mille petits combats où l'habile normand déploya toutes ses ressources militaires, Matignon finit par enfermer son principal adversaire, le comte de Montgommery, dans le château de Domfront et s'en empara. Maître aussi de Saint-Lô, il se fit céder la ville et la baronnie.

A la mort de Charles IX, Matignon aida fidèlement la reine de ses conseils et reçut du nouveau roi, Henri III, arrivé de Pologne, les marques de la plus entière confiance. En 1578, le monarque voulut récompenser les longs et importants services de son loyal serviteur, en le nommant maréchal de France; l'année suivante, il le créait *chevalier* du Saint-Esprit.

Peu de temps après, sa belle conduite au siège de la Fère que défendait le prince de Condé, chef des protestants, lui valut la *lieutenance-générale de Guyenne*. Le roi avait besoin dans cette province d'un homme prudent et perspicace pour servir et sur-

(1) *Histoire du Maréchal de Matignon*, par de Caillières, liv. I.

veiller aussi le roi de Navarre qui en était gouverneur, et contenir les Espagnols. Matignon joua admirablement son rôle à l'égard du roi de Navarre, et quand le futur Henri IV eut levé hautement l'étendard de l'insurrection, il le combattit sans relâche, restant dévoué à la cause royale et catholique.

Lorsque l'assassinat du duc de Guise eut rapproché Henri III du roi de Navarre, Matignon qui avait servi d'intermédiaire entre les deux adversaires, fut nommé gouverneur de Guyenne, poste qu'il occupa à la grande satisfaction de tous. Habile à soulever le voile des conspirations et des fausses menées, Matignon qui voyait dans la Ligue, au Midi, un mouvement féodal servi par l'Espagne plutôt qu'un parti religieux, poursuivit sans relâche les ligueurs du Midi et mit sa province à l'abri des coups de main des Espagnols.

A la mort de Henri III, le roi de Navarre devint roi de France. Matignon vit le Parlement et la plupart des habitants de Bordeaux résolus à ne jamais reconnaître un monarque huguenot. Le « fin et trinquat normand », qui connaissait les grandes qualités de ce dernier, s'appliqua à calmer les esprits d'une part, et de l'autre à amener son ancien gouverneur à étudier la religion catholique, pour l'embrasser ensuite et se faire accepter de la grande majorité de la nation. Matignon manœuvra si bien qu'il amena sa province à Henri IV et Henri IV à l'Eglise romaine. Le jour du sacre, il était au premier rang, à côté du roi; c'était justice.

De grands honneurs avaient récompensé Jacques de Matignon de son dévouement à la cause royale et à la religion catholique. Il était maréchal de France, chevalier du Saint-Esprit, gouverneur de Guyenne; sa baronnie de Torigni avait été érigée en comté; il avait été nommé deux fois maire de Bordeaux; l'aîné de ses fils, Odet, attaché à la personne du roi, s'était fait un grand renom de bravoure et avait sauvé la vie de Henri IV à Yvetot; le plus jeune, Charles, aussi intrépide qu'Odet, avait épousé Eléonore d'Orléans, fille du duc de Longueville et de Marie de Bourbon, et allait mêler le sang des Matignon à celui de nos rois. Ce fut le dernier honneur que reçut l'illustre Maréchal. Rappelé dans sa province de Guyenne par des mouvements de troupes espagnoles, il quitta Torigni, rentra à Bordeaux, assura la défense des places dont il avait la garde et fut frappé d'apoplexie au milieu de ses travaux.

Son corps fut rapporté à Torigni et déposé dans « la chapelle » dite « du château », en l'église Saint-Laurent. Sur le caveau sépulcral, la Maréchale son épouse, Françoise, fille du comte du Lude, fit élever un magnifique mausolée en marbre blanc, qui fut brisé avec d'autres tombeaux, par les soldats républicains de Séphères, en 1793.

Odet de Matignon, comte de Torigni. — Le Maréchal de Matignon, avait eu trois fils : le second, seigneur de Lonray, nommé à l'évêché de Coutances, était mort en allant à Rome, 1588. Restaient l'aîné, Odet de Matignon, comte de Torigni, et le troisième, Charles, comte de la Roche.

Charles seul survécut à son père qui laissait de beaux exemples de vertu et une immense fortune : le comté de Torigni, le marquisat de Lonray, la ville et baronnie de Saint-Lô, celle de la Roche, de Moyon, de Saint-Sellerin, du Plessis, la principauté de Mortaigne en Saintonge, le comté de Lesparre en Guyenne, de Selles en Berri, et un grand nombre de terres en Normandie.

Odet de Matignon, comte de Torigni, était encore enfant, lorsqu'à la tête d'un régiment qui portait son nom, il prit part au siège de Saint-Lô, occupé par les Huguenots (1574). Il se fit bien vite un grand renom de bravoure. Tandis que son jeune frère, Charles, guerroyait en Guyenne, sous les ordres du Maréchal, il se distinguait dans l'armée royale, qu'il ne quitta guère.

En 1589, Odet de Matignon défit entre Caen et Falaise, puis à Vimoutiers et à Bernay, l'armée des *Gautiers* ou révoltés catholiques que commandait le comte de Brissac. A la nouvelle de ces succès, Henri III ressentit une si grande joie qu'il écrivit au Maréchal de Matignon une lettre où il lui faisait les plus grands éloges de son fils.

Cependant Henri IV était monté sur le trône et s'était attaché le comte de Torigni. Il l'envoya à son père, en Guyenne, pour le gagner à sa cause.

Nous retrouvons Odet de Matignon à Ivry, commandant le premier escadron de cette belle noblesse à la tête de laquelle le roi voulut combattre. « Je me contenterai de dire, écrit de Caillières (1), que le comte de Torigni eut l'honneur de le suivre partout, sans jamais le perdre de vue; qu'il blessa le comte d'Aiguemont d'un coup de pistolet à l'épaule, sur le point où il était de perdre le roi et d'en venir aux mains avec lui. » Henri IV

(1) *Hist. du Maréchal de Matignon*, par de Caillières, liv. III, p. 290.

s'empressa d'annoncer au Maréchal la gloire que son fils avait acquise (1590).

En 1592, le comte de Torigni assista au siège de Rouen et aux combats d'Aumale et d'Yvetot contre le duc de Parme et les Espagnols. Dans la dernière rencontre, il sauva la vie au roi. « Voyant, écrit encore de Caillières (2), Chaseron blessé, Aubigny par terre, Rambures foulé aux pieds et la retraite bouchée au roi, réduit dans un éminent danger de sa vie, donna vaillamment sur les ennemis avec un gros escadron qu'il commandait..... Et ayant renversé tout ce qui s'opposa à sa valeur, reçut le roi blessé, que le baron de Givry défendait courageusement, et qu'il avait couvert de son manteau; mais en état d'être tué ou pris infailliblement, sans le secours du comte de Torigni. »

L'année suivante, le roi voulut s'emparer de Dreux. Ce fut le comte de Torigni qui enleva le château où s'était retirée toute la soldatesque. « Il fit tirer une tranchée à cinquante pas de la muraille où il plaça quatre canons avec un extrême péril; étant exposé au commandement d'une grosse tour fort élevée, de laquelle les ennemis faisaient continuellement feu. En même temps, il envoya des mineurs couverts de mantelets au pied de la tour, qui firent trois fourneaux, avec lesquels ils enlevèrent une partie de la muraille opposée à la tranchée; de sorte qu'en peu de jours la batterie acheva de ruiner la tour, déjà fort ébranlée par l'effort de la mine; et après quelques assauts vaillamment soutenus, les assiégés se rendirent (3). »

Le roi, à son ordinaire, fit part de cette victoire au Maréchal et reconnut la valeur du comte de Torigni par les éloges qu'il lui donna.

Peu de mois après, Odet de Matignon se distinguait encore au siège de Laon. Un jour l'infanterie royale est attaquée à l'improviste et si vigoureusement par l'ennemi, qu'elle est sur le point de plier. Torigni alors fait mettre pied à terre à sa cavalerie qui était en garde et dégage les troupes compromises. Bientôt nouvel exploit du comte qui vient en aide à l'infanterie du Maréchal de Biron aux prises avec un important convoi d'ennemis. Plus de quinze cents de ces derniers restèrent sur le champ du combat.

---

(1) *Histoire du Maréchal de Matignon*, par de Caillières, p. 310.
(2) *Id.*   *Id.*   Id.   p. 345.

Quoique Biron fût d'humeur à s'attribuer volontiers les bons succès de ses armes, il publia partout que cette grande victoire était autant due à la valeur et à la bonne conduite du comte de Torigni qu'à la sienne propre.

En 1595, le roi nomma Odet de Matignon chevalier du Saint-Esprit et l'envoya en Bourgogne, en qualité de Maréchal de camp « avec un pouvoir peu différent de celui du Maréchal de Biron (1). » Il se fit livrer une des portes d'Autun, et, la nuit, s'empara par surprise de la ville.

Quelque temps après, la ville de Dijon assiégée par les troupes de la Ligue, demanda des secours au maréchal de Biron. Le comte de Torigni accourut avec un corps de cavalerie, se jeta dans la place, releva le courage des assiégés et attendit l'arrivée du Maréchal. Celui-ci dégagea la ville et força Tavannes à se jeter dans le château dont Matignon conduisit le siège et reçut bientôt la capitulation.

Chargé de forcer le passage d'une rivière, le comte fut blessé à la jambe, ce qui ne l'empêcha pas de poursuivre les ennemis jusques sous leurs retranchements. Ce fut son dernier exploit. Atteint d'une pleurésie, il succomba après huit jours de maladie, le 25 août 1595, à l'âge de 37 ans. Le roi le visita soigneusement et éprouva une grande douleur de cette perte prématurée. Il écrivit de sa propre main la lettre suivante, au Maréchal de Matignon, alors en Guyenne : « Mon cousin, c'est avec un sensible regret que je vous fais savoir la perte que nous avons faite du comte de Torigni ; je vous assure que je n'ai guère moins besoin d'être consolé que vous en avez, d'un si malheureux accident. J'ai bien du déplaisir que sa mort m'ait ôté les moyens de reconnaître les bons et fidèles services qu'il m'a rendus ; mais je désire que vous m'envoyiez son frère de la Roche, auquel je réserve la charge de lieutenant-général en Normandie, que possédait le défunt. Assurez-vous, mon cousin, qu'en toute occasion, je vous ferai paraître la bonne volonté que j'ai pour toute votre famille. Priant Dieu, mon cousin, qu'il vous console et vous tienne en sa garde. — HENRI. »

Le jeune frère d'Odet dont parle Henri IV, Charles, comte de la Roche, hérita du titre de comte de Torigni, Odet n'ayant pas eu

(1) *Hist. du Maréchal de Matignon*, par de Caillières, liv. III, p. 345.

d'enfants de son mariage avec la demoiselle de More, de vieille famille bretonne.

Charles de Matignon, comte de Torigni. — Charles, comte de la Roche, servit presque constamment en Guyenne, sous les ordres de son père, en compagnie du marquis de Canisy, son beau-frère. Ces deux seigneurs, élevés à la grande école d'honneur et de bravoure du maréchal, acquirent dans le Midi, une haute réputation de valeur militaire. Ils se distinguèrent à Meillan, dont le marquis de Canisy enleva le faubourg, au prix d'une blessure assez grave et dans le Bas-Armagnac qu'ils débarrassèrent d'un gros corps de cavalerie huguenote. A Périgueux, le comte de la Roche tailla en pièces un détachement chargé d'escorter l'un des Consuls de la ville jusqu'à Agen et ramena celui-ci prisonnier à Bordeaux. En 1591, il s'empara d'Agen où il fit preuve de la plus grande humanité.

Son compagnon de gloire, le marquis de Canisy, l'avait quitté pour servir près du comte de Torigni, dans l'armée royale. Il s'était vaillamment conduit à Ivry et avait mérité les éloges du roi.

Charles de Matignon nommé lieutenant-général de Normandie, résida presque toujours à Torigni où il recevait fréquemment son beau-père, le duc de Longueville, gouverneur de Normandie. Il fit de son château une des plus belles résidences princières du royaume. La description en sera donnée au chapitre des monuments. Jusqu'à la mort de Henri IV, Charles de Matignon jouit des loisirs de la paix, chose inconnue depuis longtemps.

Mais, à la mort du roi, pendant la minorité de Louis XIII, les grands et les protestants firent de nouveau valoir leurs prétentions. Les Calvinistes de la Rochelle informés des mauvais desseins d'un certain Mauchrétien, fils d'un droguiste de Falaise, le choisirent pour soulever les protestants de Normandie. Mais Longueville et Matignon, au courant du complot, s'entendirent pour le déjouer à temps et se jetèrent, avec quelques troupes, dans Argentan et Domfront. Cette aventure dura peu. Mauchrétien, descendu au petit bourg de Tourailles, fut denoncé par son hôte, assiégé dans la maison par les gentilshommes du baron de Tourailles et abattu d'un coup de feu à l'épaule (1).

Les Rochellois ne perdirent pas courage. Il fallait aux protes-

(1) Delalande, *Histoire des guerres de Religion dans la Manche*, p. 222.

tants du Nord-Ouest un port de refuge. Cherbourg devint l'objectif de tous leurs efforts. Matignon s'en aperçut, destitua le gouverneur de Cherbourg dont la fidélité paraissait douteuse et mit la ville à l'abri de toute tentative sérieuse (2).

Peu de temps après, nouvelles intrigues des Rochellois. Cette fois, ils gagnent Bricqueville de Piennes, possesseur du château de Régnéville. Bricqueville y donne rendez-vous à quarante conjurés, mais Matignon découvre le complot, descend au château avec une compagnie de chevau-légers, et, en plein conciliabule, arrête les coupables.

Le comte de Torigni s'occupa aussi de mettre les côtes de Normandie à l'abri des tentatives de l'Angleterre. Le 4 février 1628, il ordonna aux habitants des paroisses de l'élection de Valognes d'envoyer à leurs frais cent hommes travailler pendant six semaines aux fortifications dudit lieu (3).

Dans la sédition des *Va-nu-pieds*, causée par la création de nouveaux impôts, Matignon, que la mémoire de son père rendait populaire, apaisa les habitants de Vire qui s'étaient déjà livrés à quelques excès (4).

Charles de Matignon mourut 9 ans après son épouse, Eléonore d'Orléans-Bourbon, le 9 juin 1648, à l'âge de 84 ans, laissant après lui un grand renom de bravoure et d'humanité. Son corps fut déposé dans la chapelle du château, à Torigni.

Charles eut 8 enfants de son mariage avec Léonore d'Orléans. Henri, Jacques, Françoise qui fut religieuse de Vendôme, Gillonne qui épousa François de Silly, Catherine, morte le jour même de sa naissance, Léonor, évêque de Lisieux, François et Marie qui ne vécut que quelques mois.

Jacques III. — Jacques, 2e fils de Charles et comte de Torigni du vivant de son père, fut pourvu en survivance des charges de lieutenant-général du roi au gouvernement de Normandie et des gouvernements de Cherbourg, Granville, Saint-Lô et Chausey.

Ce jeune seigneur, après avoir glorieusement servi le roi durant les dernières guerres contre les huguenots, suivit le connétable

(2) Claude Malingre, *Histoire générale de la Rébellion en France*, t. II, p. 470.
(3) Mémoires de Pierre Maugon, Ms 1400 de Grenoble, part. I, fol. 204-206.
(4) *Histoire militaire des Bocains*, par Richard Séguin, p. 403.

de Lesdiguières en Italie. Chargé du commandement de la cavalerie, il se distingua dans « mille belles actions. » Mais la dernière
de sa vie fut moins honorable : il fut tué dans un duel. Ce fut à
l'occasion de cette mort qui lui avait causé une grande douleur,
que Louis XIII porta le célèbre Edit contre les duels.

Le troisième fils de Charles de Matignon, Léonor I, devint
évêque de Coutances, puis de Lisieux. Lorsque sa sépulture, placée
dans l'église de Saint-Laurent de Torigni, fut violée en 1793 par
les révolutionnaires, ses restes apparurent presque intacts. C'était
d'ailleurs un prélat d'une grande sainteté, qui opéra dans ses deux
diocèses une foule de réformes utiles. Il eut des relations intimes
avec le P. Eudes dont il protégea la congrégation naissante. Celui-
ci donna plusieurs missions dans le diocèse de Coutances, sur la
demande de son pieux ami, notamment à Lessay, à Saint-Sauveur-
le-Vicomte, à la Haye-du-Puits, à Montebourg, à Coutances, à
Landelles (1641), à Saint-Lô (1642) et à Valognes (1643). La mère
de l'évêque de Coutances, la très noble et vertueuse Eléonore de
Bourbon-Orléans, voulut aussi avoir le Père Eudes à Torigni, alors
paroisse du diocèse de Bayeux. Le 3 mars 1646, Mgr d'Angennes,
évêque de Bayeux, répondit à Mme la comtesse de Torigni : « Les
lois de mon diocèse ne sont pas faites pour le P. Eudes... il sait
comment je lui en ai parlé. » Le P. Eudes vint à Torigni au carême
de 1646. « La mission fut défrayée par la rétribution qu'on a coutume de donner au prédicateur, et le reste fut fourni par les
habitants sans qu'on leur en parlât, par un pur effet de leur libé-
ralité. Le P. Eudes eut la consolation, à la sortie de cette mission,
d'apprendre par une voie surnaturelle que la Providence lui pré-
parait de bons sujets qui viendraient bientôt se donner à lui, et
qu'elle en fournirait de même à la Communauté des Filles de
Notre-Dame de la Charité, ce qui arriva peu d'années après (1). »
L'un des premiers compagnons du P. Eudes, Jean Fossey, était
originaire de Torigni.

La mission du P. Eudes eut un grand succès.

Devenu évêque de Lisieux (1646) Léonor de Matignon appela
fréquemment le P. Eudes dans son diocèse et écrivit au pape
Alexandre VI une lettre de recommandation en faveur de son saint

(1) Extrait des Archives des PP. Eudistes.

ami qu'il appelle « un prêtre de grand savoir, d'une probité et d'une sagesse remarquables (1). »

A Coutances, Léonor de Matignon projeta de bâtir un palais épiscopal à la place de l'ancien qui tombait en ruines, mais transféré à Lisieux avant de pouvoir exécuter son dessein, il laissa à son successeur des sommes assez importantes réservées dans ce but. L'illustre prélat résidait ordinairement dans ses abbayes de Lessay et de Torigni. Il y menait une vie austère et très édifiante. Du reste il laissa à Lisieux comme à Coutances, une grande réputation de vertu.

Léonor de Matignon mourut à Paris, dans la retraite, en 1680, à l'âge de 76 ans. Son neveu qui lui avait succédé sur le siège épiscopal de Lisieux, fit rapporter ses restes dans les caveaux de la cathédrale. Ils en furent plus tard enlevés et transférés dans la sépulture de famille à Torigni, qui fut violée par les révolutionnaires en 1793.

Le dernier des fils de Charles de Matignon, *François* (1607-1675) hérita de toutes les charges de sa maison. Il fut conseiller du roi, lieutenant-général en Normandie, maréchal de camp, gouverneur de Saint-Lô, Cherbourg, Granville et Chausey.

François épousa en 1632 Anne de Malon, fille du seigneur de Bercy, maître des requêtes et président du grand Conseil. Cette dame, aussi distinguée par son mérite personnel que par sa naissance apporta de grands biens à son mari qui augmenta lui-même le patrimoine de la famille du fief de la Chapelle-du-Fest, de la baronnie de Guilberville, de la seigneurie de Brectouville, etc.

Anne de Malon donna le jour à douze enfants, six garçons et six filles : Henri, Léonore, abbesse du Paraclet d'Amiens, Marie-Catherine, abbesse de Cordillon, Léonor II, abbé de Torigni, plus tard évêque de Lisieux, Charlotte, abbesse de Lisieux, Charles, comte de Gacé, mort à Charleroi en 1674 des suites de blessures reçues à la bataille de Sénef où il commandait la brigade du roi ; Jacques, abbé du Plessis et évêque de Condom ; Jacques, comte de Torigni, Henriette, religieuse à Cordillon, Charles-Auguste, maréchal de France, Marie-Françoise, mariée au comte de Coigny, enfin Marie-Anne qui épousa le marquis de Nevet.

Nous devons donner ici une place spéciale à Henri, fils aîné de

_____

(1) Lettre de Mgr de Matignon, évêque de Lisieux, à Alexandre VI, 21 juin 1661.

François de Matignon, à son plus jeune frère, devenu maréchal de France, et à Jacques, qui fut aussi comte de Torigni.

1º *Henri*, comte de Torigni, avait épousé Marie-Françoise Le Tellier de la Luthumière, d'une très noble et très riche famille. Le frère de cette vertueuse dame, l'abbé de la Luthumière mourut en grande réputation de sainteté. « Il était, écrit le *Mercure Galant*, d'une des plus anciennes et illustres familles de Normandie, et avait renoncé à plus de 50,000 livres de rente, qu'il avait en belles terres, en faveur de dame Françoise de la Luthumière, sa sœur, qui épousa messire Henry de Matignon, comte de Torigni, lieutenant du roi en Normandie..... (1).

Pendant la minorité de Louis XIV, Henri de Matignon embrassa le parti des Frondeurs. Pour combattre le comte d'Harcourt, fidèle à la cause royale, il engagea à Vire, à Bayeux, à Caen, à Coutances, à Saint-Lô, etc. plus de 7,000 Bocains ou habitants du Bocage normand, et à leur tête, vint mettre le siège devant Valognes dont le marquis de Bellefonds était gouverneur. Les assiégés étaient peu nombreux, mais vaillants. Réduits, après 15 jours de résistance, à la dernière nécessité, il se rendirent, avec tous les honneurs de la guerre.

Matignon, fidèle aux grandes traditions de sa famille, rentra bientôt dans le devoir. Pendant la guerre contre les Espagnols, entre la paix de Westphalie et le traité des Pyrénées, il déploya une grande valeur sur plusieurs champs de bataille, notamment à l'attaque des lignes d'Arras en 1654 et aux sièges de Gravelines et de Dunkerque.

Henri de Matignon eut neuf enfants : Anne et Léonore, religieuses de la Visitation à Caen ; Marie-Françoise-Gabrielle et Claude, religieuses à Cordillon ; Charlotte, qui épousa son oncle, Jacques de Matignon ; Jean-Louis-Charles, marquis de Lonray, né au château de la Luthumière en 1660 et mort à Paris, le 17 avril 1672 ; Catherine-Thérèse, mariée à Jean-Baptiste Colbert, marquis de Seignelai, secrétaire d'Etat et grand trésorier des ordres du roi, contrôleur général des finances et surintendant des bâtiments ; François (1664-1673) ; Léonor, né en 1667 et mort en 1670.

2º Le plus jeune frère de Henri, *Charles-Auguste*, comte de Gacé,

(1) *Mercure Galant*, octobre 1699. — Article nécrologique composé par Pierre Mangon, vicomte de Valognes.

né en 1647, servit en Candie, sous le duc de La Feuillade et fut blessé grièvement dans une sortie. Il se signala à la bataille de Fleurus, aux sièges de Mons et de Namur, et fut nommé lieutenant-général en 1693. Pendant la guerre de succession d'Espagne, il suivit le duc de Bourgogne en Flandre et obtint le bâton de *Maréchal de France* en 1708. La même année il reçut le commandement des troupes chargées d'accompagner et de soutenir en Ecosse le fils de Jacques II, connu sous le titre de chevalier de Saint-Georges. La flotte de transport, commandée par le comte de Forbin, ayant rencontré en vue d'Edimbourg, une flotte anglaise bien supérieure en nombre, n'osa pas tenter le débarquement. Matignon revint en France avec ses six mille hommes, retourna en Flandre et prit part à la désastreuse bataille d'Oudenarde. Il mourut à Paris, en 1729, âgé de 82 ans.

Sa statue, arrachée de son tombeau et mutilée par les soldats de l'armée de Séphères, fut longtemps la propriété d'une famille notable de Torigni. Elle est aujourd'hui à Vire, dans le jardin de l'hôtel-de-ville.

L'un des fils de Charles-Auguste, Léonor, devint évêque de Coutances. Ce fut le second du nom qui occupa ce siège épiscopal.

3º *Jacques IV*, 5º fils de François de Matignon, né en 1644 devint comte de Torigni, à la mort de son frère aîné, Henri, en 1682. Il épousa sa nièce Charlotte, devint lieutenant-général des armées du roi et de la province de Normandie, et mourut à Paris le 14 janvier 1725.

Il eut cinq enfants : Elisabeth qui épousa son cousin Jean-Baptiste, fils de Charles-Auguste; François; une fille et un fils dont les noms sont inconnus et qui moururent jeunes; enfin Jacques-François-Léonor, né en 1699, qui fit alliance avec la maison de Grimaldi et devint *prince de Monaco*.

CHAPITRE III

Les Matignon-Grimaldi, princes de Monaco.

Jacques-François-Léonor de Matignon, comte de Torigni, épousa en 1715, Louise-Hippolyte, héritière d'Antoine Grimaldi, prince de Monaco. A la mort de ce dernier, Matignon devait entrer en possession de la principauté, de la pairie française et du titre de duc de Valentinois, à la condition de prendre le nom et les armes des Grimaldi, « sans pouvoir lui ni ses descendants ajouter aucun autre nom à celui des Grimaldi, ni prendre d'autres armes. »

Ainsi disparut le nom de Matignon. Les comtes de Torigni représentaient la branche aînée; la branche cadette, demeurée en Bretagne, patrie des Goyon de Matignon, s'était fondue par les femmes dans la famille des Montmorency (1).

Les *Grimaldi* prétendent tirer leur origine de Grimoald, duc de Bénévent en 640, et roi des Lombards, en 662.

Au Moyen-âge, cette famille était l'une des quatre grandes familles nobiliaires de Gênes. Au xe siècle, l'empereur Othon lui conféra la seigneurie de Monaco, élevée plus tard au rang de principauté. Dans les luttes intestines qui ensanglantèrent Gênes, comme les autres villes de l'Italie, les Grimaldi prirent parti pour les Guelfes.

Plusieurs membres de cette famille se sont illustrés dans l'Eglise, la magistrature ou les armes. Citons seulement quelques noms.

Raimond Grimaldi, à la tête de la flotte de Philippe le Bel, battit, en 1304, les marins flamands de Guy de Dampierre, sur les côtes de la Zélande.

Giovanni Grimaldi remporta, le 23 mai 1431, une grande victoire sur l'amiral vénitien, Nicolas Trevisani, à trois milles au-dessous de Crémone. Il enleva aux ennemis vingt-huit galères et quarante-deux bâtiments de transport avec un butin immense.

Dominique, mort en 1592, avait, sous le pape Pie V, la haute surveillance des galères de l'Etat romain. Il assista, étant déjà évêque, à la bataille de Lépante, et devint cardinal et vice-légat d'Avignon.

Geronimo, son neveu, occupa dans l'Eglise des charges fort

(1) *Torigni-sur-Vire et ses barons féodaux*, par le docteur Deschamps, p. 127.

importantes. Il fut successivement vice-légat de la Romagne, évêque d'Albano, gouverneur de Rome, nonce en Allemagne et en France, archevêque d'Aix. Revêtu de la dignité cardinalice, il devint doyen du Sacré-Collège. Il mourut à Aix en 1685. Plusieurs autres Grimaldi furent revêtus de la pourpre romaine, entre autres *Niccolo* et *Geronimo*, qui vivaient au xviie et xviiie siècle.

En 1450, les Grimaldi se placèrent sous le protectorat de l'Espagne; mais en 1641, Honoré II, prince de Monaco, préféra le patronage de la France. Cet acte lui coûta tous les fiefs que l'Espagne lui avait concédés dans le Milanais et le royaume de Naples. Seulement Louis XIII lui donna en dédommagement le Valentinois (1) auquel était attachée la pairie. En 1731, à la mort d'Antoine Grimaldi, le dernier représentant mâle de cette antique famille, Jacques de Matignon, comme on l'a vu précédemment, releva ses armes et ses titres nobiliaires en épousant Louise-Hippolyte.

D'après la légende antique, le rocher de Monaco eût été le séjour d'Hercule sur le point de passer en Espagne.

Jusque dans les premiers siècles du christianisme, Monaco est en effet désigné sous le nom de *Portus Herculis*, le port d'Hercule; et comme le rocher qui porte la ville est avancé au milieu des flots, presque isolé du continent, on ajouta au nom d'Hercule l'épithète grecque Monoikos, en latin, *Monœcus* (solitaire), d'où le mot français Monaco, la ville d'Hercule solitaire.

Du xe siècle à l'année 1731, Monaco fut au pouvoir des Grimaldi. Depuis 1731 à la Révolution française, elle demeura aux mains des Matignon revêtus du titre et des armes des Grimaldi.

En 1792 la principauté fut annexée au département français des Alpes Maritimes. Mais, grâce au congrès de Vienne (1814), elle fit retour aux Matignon-Grimaldi et se plaça sous le protectorat de la Sardaigne. Le 2 février 1861, lors de l'annexion du comté de Nice, la France lui acheta, pour 4 millions de francs, les villes de Menton et de Roquebrune. Aujourd'hui la principauté de Monaco, enclavée dans le canton français de Menton, est bornée à la seule ville de ce nom. Sa superficie est de 15 kilomètres carrés et la population de la ville comprend 3,000 habitants.

(1) Ancien pays de France (Bas-Dauphiné), à l'Est du Rhône, chef-lieu Valence.

Le rocher qui porte Monaco a 60 mètres d'élévation, 300 mètres de largeur et s'avance à 800 mètres en mer en faisant le fer à cheval. La ville et des jardins féeriques le couvrent en entier. A l'ouest se dresse le palais, résidence du prince. La façade et la cour d'honneur sont fort remarquables; à l'intérieur, les galeries, les salons et les chambres sont décorés avec un art et une richesse extraordinaires. « Les jardins, dit M. Abel Rendu, ne sont ni moins splendides, ni moins curieux que le palais : ce n'est pas l'admiration, mais l'enthousiasme qu'ils commandent..... Le promeneur va de surprise en surprise; des parterres éblouissants il arrive, par des sentiers montueux et plantés d'aloès, aux jardins suspendus, aux terrasses babyloniennes. Plantes, fleurs et arbustes qui ne vivent qu'en serre chaude et à grands frais, sous un ciel moins clément, géraniums, aloès, lauriers-roses, palma christi, myrtes, grenadiers, poivriers, palmiers et beaucoup d'autres au feuillage sévère pullulent ici, et fatigueraient même, à la longue, des yeux habitués au vert tendre des parterres et des paysages du Nord (1). »

Le prince Albert, actuellement régnant, est un artiste et un savant. A l'exposition universelle de 1889, les visiteurs du Champ de Mars ont pu admirer le charmant pavillon élevé par ses soins entre les berges de la Seine et la tour Eiffel. Sur son yacht où prend place quelquefois la princesse Alice elle-même, au risque des coups de vents et des hasards de la mer, le prince se livre dans la Méditerranée à des expériences sous-marines qui font honneur tout à la fois à son talent et à son courage. Il a hérité du sens artistique et de l'intrépidité de ses ancêtres, les Matignon-Grimaldi.

Revenons à ceux-ci. En 1731, Jacques-François-Léonor de Matignon hérita de son beau-père, Antoine de Grimaldi. Un acte de propriété, daté de cette même année, mentionne ainsi les titres et qualités du comte de Torigni, devenu prince de Monaco : « Haut et puissant seigneur M. Jacques-François-Léonord Grimaldi, prince souverain de Monaco, duc de Valentinois et d'Etouteville, pair de France, sire de Matignon, comte de Thorigni, baron de Saint-Lô, Hambye, Moyon, Berneval, etc..... seigneur de Gatteville et Condé-sur-Noireau, gouverneur des villes et citadelles de St-Lô,

_____

(1) Menton et Monaco.

Cherbourg, Granville et de l'Ile de Chausey, lieutenant-général en la province de Normandie. »

Ce prince, qui ne cessa d'embellir son magnifique château de Torigni eut pour fils Honoré-Gabriel Grimaldi-Matignon, connu sous le nom d'Honoré III.

Honoré III, tout jeune encore, prit du service dans les troupes royales et fut blessé, à la bataille de Fontenoy, en chargeant la fameuse colonne anglaise à la tète de quatre escadrons de gendarmerie.

Sa petite cour de Torigni était alors fort brillante. Marié à une très belle personne de la famille italienne de Brignoles, il enrichit encore les superbes collections artistiques du château. Résidant tour à tour à Paris, à Monaco et à Torigni, le prince semblait avoir des préférences très marquées pour son domaine de Basse-Normandie. Il y donnait des fêtes splendides, où figuraient toute la noblesse du pays et les notables de la ville. Tous les trois jours, dans une immense pièce, appelée la Salle des Rois, une troupe d'artistes dramatiques et de musiciens donnait des représentations. La danse y était fort en honneur, et nos ancêtres fredonnent encore aujourd'hui quelques-uns des airs d'accompagnement alors très en vogue dans la petite cour des Matignon-Grimaldi (1).

Le prince était très populaire. Sa grande mine, son air affable et spirituel lui avaient gagné toutes les sympathies. Il aimait les pauvres et leur distribuait chaque semaine six cent kilogrammes de pain. Sa grande simplicité encourageait les plus timides, et il n'était pas jusqu'aux enfants qui ne vinssent jouer sur les pelouses du château, et croquer au dessert du prince les friandises que le noble seigneur leur distribuait des fenêtres de sa salle à manger.

(1) Parmi les familles en relation intime avec les comtes de Torigni figurent celles de Précorbin de Foulogne, de la Maugerie, de la Bazonnière, Le Provost de Saint-Jean, Duval-Duperron, Leforestier, Damphernet de Pont-Bellanger, de la Gonnivière, de Motteville, de Marguerie, Plouin du Breuil, de Beaumont, Le Pelletier de Mollanday, Fleury, Dolin-Duquesnay, de Morand, Delalonde, de la Perrelle, du Mesnil, de Launay, Lechartier de Lavarignière.

Cette dernière famille surtout jouissait de la faveur du prince. Melle de Lavarignière, la fille aînée, douée d'une haute intelligence et d'une grande distinction, jouait souvent la comédie avec Honoré III qui était passionné pour ce genre de distraction. Sa plus jeune sœur, qui épousa M. de Siresmes, avec sa grande taille et son port de reine, était comme l'âme et l'ornement de ces réunions intimes.

Aussi quand les délégués du tribunal révolutionnaire de Paris vinrent à Torigni pour faire une enquête sur le prince incarcéré dans une prison de la capitale, les habitants de Torigni, réunis dans l'église Saint-Laurent, répondirent-ils spontanément « qu'il ne s'était fait connaître à eux que par sa bonté, ses vertus et ses bienfaits et qu'il voudraient tous le revoir parmi eux. » De telles paroles font honneur à ceux qui les ont prononcées et au prince qui s'en était rendu digne.

Honoré III favorisa beaucoup l'agriculture. Il fit venir d'Angleterre un agronome auquel il confia la direction de plusieurs grandes fermes, et par suite du croisement de la race anglaise et de la race normande, il obtint une espèce chevaline qui acquit une juste réputation. Ses écuries étaient considérables : elle contenaient plus de deux cents chevaux, dont le type a malheureusement disparu. Quand se fit la vente du mobilier du château, plusieurs de ces beaux animaux furent achetés par le Maréchal Grouchy.

Le prince qui avait l'esprit très ouvert, accueillit favorablement les idées de réforme en vogue à la fin du xviiie siècle. Opposé aux menées des émigrés, il resta en France, et accompagna Louis XVI à la fête de la Fédération et fut incarcéré peu de temps après. Il mourut dans sa prison, en 1795 (1).

(1) La belle-fille d'Honoré III, la femme de Joseph, fut aussi victime des fureurs révolutionnaires. Thérèse-Françoise de Stainville-Choiseul, avait pour père le comte de Stainville devenu sujet autrichien et chambellan de l'Empereur.

Agée seulement de 26 ans, elle fut arrêtée par les commissaires de la Terreur et sur les révélations de sa femme de chambre, parce qu'elle avait favorisé l'émigration de son mari. Détenue d'abord chez elle, puis dans une prison, à cause d'une tentative d'évasion qui l'avait un instant soustraite aux plus actives recherches, elle comparut devant le Tribunal révolutionnaire avec son ancien intendant accusé d'incivisme à l'égard de trois Sans-Culottes et d'envoi de lettres et de fonds au prince émigré. La princesse fut introduite, le 8 thermidor, dans la salle de la liberté, devant Dumas, président, Harny et Garnier-Launay, juges. Elle fut condamnée à mort, avec son intendant et 30 autres accusés, sous prétexte de s'être déclarés les ennemis du peuple, en entretenant des correspondances avec les ennemis de la République..... en participant aux infâmes projets de Capet et de sa famille, etc...

Mme de Matignon ne fut pas exécutée de suite. Elle s'était déclarée enceinte pour gagner ainsi, par un sursis, le temps non d'échapper à la mort qu'elle bravait, mais de couper elle-même ses cheveux et de les envoyer à ses enfants auxquels elle ne voulait les laisser tranchés par la main du bourreau.

La fortune des Grimaldi-Matignon était alors très réduite, par suite des transformations sociales opérées au début de notre grande révolution. Honoré III avait perdu ses droits seigneuriaux, estimés à 600,000 francs, dans son duché de Valentinois, et ses rentes féodales (200,000 fr.) perçues dans le duché d'Estouteville, le comté de Torigni et autres domaines.

De plus, la principauté de Monaco avait été comprise par le gouvernement français dans la conquête du Piémont, et la veuve d'Honoré III ayant épousé pendant son émigration en Angleterre, le prince Louis-Joseph de Bourbon-Condé, vendit les riches domaines qu'elle possédait en Italie.

Le prince Honoré III laissait deux fils, dont l'aîné Honoré IV, conserva le titre de duc de Valentinois et épousa la duchesse d'Aumont-Mazarin qui lui apporta en dot de superbes domaines dont les revenus s'élevaient à plus de 1,500,000 francs.

Son jeune frère, le prince Joseph de Monaco, émigra à la suite du comte d'Artois. Mettant en avant le grief d'émigration, le gouvernement révolutionnaire mit le séquestre sur toutes les terres des Grimaldi-Matignon. A son retour en France, le prince Joseph, suivant la loi qui abolissait le droit d'aînesse, entra en partage égal des biens de la famille avec le duc de Valentinois. « La succession fut liquidée et tous les biens immeubles qui la composaient furent vendus. L'ex-général Santerre, de sinistre mémoire, acquit le domaine de Torigni, qu'il ne put payer et qui, passant de nouveau en bannie, fut acheté par un mandataire, assure-t-on, des princes Joseph de Monaco et Honoré V, son neveu. Mais l'acquéreur garda pour lui le marché (1). »

En 1815, le Congrès de Vienne rendit à Honoré IV la principauté de Monaco (2); mais le prince, miné par une maladie grave et

Ce but accompli, elle dévoila, dès le lendemain 9, son pieux stratagème à Fouquier, dans une lettre qu'elle signa en se donnant la qualification de « princesse étrangère périssant par l'injustice des juges français. »

Mᵐᵉ de Matignon fut exécutée le jour même où finissait la dictature de Robespierre. Elle était avec André Chénier l'une des dernières victimes de cet homme qui avait terrorisé la France.

Un tableau de la galerie du Louvre nous montre André Chénier et la princesse dans la même prison.

(1) *Torigni-sur-Vire et ses barons féodaux*, par le docteur Deschamps, p. 143.

(2) M. Thiers raconte que le prince retournant dans sa principauté, fit rencontre, près de Cannes, de Napoléon revenu de l'île de l'Elbe. L'Empereur

accablé de chagrins, se démit de la souveraineté en faveur de son fils aîné, Honoré V.

Honoré V avait reçu une instruction fort remarquable, grâce aux soins de son précepteur, l'illustre Cuvier. Le jeune prince avait passé plusieurs années (1791-1794) en compagnie du grand naturaliste dans le superbe château de Valmont, près de Fécamp.

Le magnifique domaine de Valmont qui faisait partie du duché d'Estouteville, appartenait primitivement à la famille de ce nom, qui remontait à l'un des fiers compagnons de Rollon. « La dernière descendante de cette maison si célèbre et si puissante en Normandie, s'allia à la famille royale de France par son mariage avec François de Bourbon. comte de Saint-Pol. Sa fille, Marie de Bourbon, transporta le domaine maternel aux Orléans-Longueville (1). »

Charles de Matignon, ayant épousé Léonore d'Orléans, cette antique propriété féodale appartenait à l'époque de la Révolution, à la famille des Grimaldi-Monaco.

Nous empruntons à la *Normandie illustrée*, une description de ce ravissant domaine de Valmont (2). « Nous arrivons à Valmont ;

l'accueillit avec gaieté et lui demanda où il allait : « Je retourne chez moi, » répondit le prince. — « Et moi aussi répliqua Napoléon. Puis il quitta le petit souverain de Monaco, en lui souhaitant bon voyage. » — (Thiers, *Hist. du Consulat et de l'Empire*, liv. XXXIX.

(1) *Normandie illustrée.*

(2) Valmont, chef-lieu de canton situé à 11 kil. de Fécamp, compte 950 habitants. Emergeant gaiement d'un immense berceau de verdure au penchant d'une étroite vallée, il offre aux regards du voyageur qui arrive de Thiétreville, un aspect des plus séduisants.

Avant la Révolution, une grande animation régnait, à cause du château et de l'abbaye, dans ce joli coin du pays de Caux.

L'abbaye dont il reste encore de nombreux bâtiments, était assise au fond de la vallée, à la source du gracieux cours d'eau qui s'appelle la rivière de Valmont.

Fondée par Nicolas d'Estoutteville qui la confia à des moines venus de Hambye (Manche), elle subsista jusqu'en 1791. Elle comptait alors 620 ans d'existence et avait été gouvernée par 24 abbés.

On voit encore de belles ruines de son église élevée au XVIe siècle ; certaines parties même bien conservées, entre autres la chapelle des Fondateurs et la chapelle de la Vierge qui termine le chœur.

Il ne reste de l'ancien château qu'un bâtiment irrégulier, bâti vers la fin du XIVe siècle et défendu par des tours et des tourelles avec machicoulis. La Renaissance y a ajouté une aile, défigurée par des retouches récentes. Le tout cependant est de fort bel aspect et s'harmonise bien avec le cadre imposant que la nature et la main des hommes lui ont fait.

c'est encore là une de ces localités normandes, privilégiées de l'art et de la nature, qu'il suffit d'avoir visitées, pour se faire une idée de l'intérêt et du charme que présente une exploration dans notre belle province. Une église, un château, un monastère, n'est-ce pas là, en effet, toute la Normandie, sans parler de ses magnifiques campagnes, où pour attirer le regard, la variété gracieuse des mouvements du terrain le dispute au vigoureux éclat d'une végétation nourrie par un soleil puissant, des pluies fécondes et les arômes salins de la mer.

Arrêtons-nous d'abord devant le château. A sa vue, il semble que deux souvenirs historiques soient évoqués sous des formes palpables : Duguesclin et François Ier. Le roi Charles V avait fait don, en effet, à son vaillant connétable, de ce château qu'il avait acquis par échange, et François Ier vint, à l'époque du mariage d'Adrienne d'Estouteville avec le comte de Saint-Pol, visiter ce seigneurial domaine qu'il érigea en duché-pairie. Mais s'il existe parfois une analogie sensible entre les hommes et les choses, ne la trouvons-nous pas dans ce vieux donjon, à la masse irrégulière et formidable, fièrement campé au sommet de l'escarpement d'une abrupte colline, enfonçant dans un fourré de verdure sa base du XIIe siècle, tandis que sa large couronne de machicoulis, que restaurèrent le XVe et le XVIe siècle, se dresse plus glorieuse encore que menaçante sur son front évasé, et aussi dans ce gentilhomme breton d'antique souche, tout audace et vaillance qui chassait les Anglais du territoire royal, emmenait à marche forcée, hors de France, les grandes compagnies, rançonnait le pape, mettait, de bon vouloir, à contribution les fileresses de son pays, distribuait généreusement à de pauvres gentilshommes, ses compatriotes, le prix de sa liberté, aidait quelque peu Henri de Transtamarre à assassiner Pierre-le-Cruel, et mourait couronné de la sérénité et de la douceur des vertus chrétiennes, comme les murailles de la vieille forteresse qui disparaissent sous le lierre et les fleurs.

Quant à François Ier, c'est le goût italien de la Renaissance qu'il introduisit en France, et qui correspondait si bien à son penchant pour la galanterie et les arts, qui a présidé à l'érection du principal corps de logis s'étendant en retour d'équerre sur le côté de l'ancien château. Nous retrouvons là tous les éléments de ce style gracieusement aristocratique qui semble avoir été créé pour le caprice des princes et le luxe des cours : c'est là le pilastre noble et élégant, le cartouche tourmenté où se dessinent les initiales FH : ce sont les fenêtres des combles à la riche ornementation et les cheminées en briques qui déploient leurs prismes nombreux aux angles aigus, comme pour accuser au loin la somptuosité de la demeure qu'elles couronnent. »

La fortune d'Honoré V était bien inférieure à celle de ses ancêtres. S'il avait recouvré Monaco et ses dépendances à la chute de l'empire, Torigni, Valmont et plusieurs autres riches domaines ne lui appartenaient plus. Sa mère, héritière des duchés d'Aumont, de Mayenne et de Mazarin, avait dissipé son immense fortune. En Basse-Normandie, le prince de Monaco ne possédait plus que la forêt l'Evêque, celle de Brimbois et quelques terres arables qui environnaient le château de Montbosq. En 1820, il acheta ce château et en fit une belle résidence.

Au début de l'empire, Honoré V, qui avait hérité des goûts militaires de ses ancêtres, prit du service dans l'armée française et fut successivement aide de camp du général Grouchy et du prince Murat avec lequel il se distingua dans la fameuse guerre d'Espagne, en 1808. Le prince se fit remarquer plus d'une fois par sa bouillante intrépidité, et dans une chaude affaire, il eut même le bras traversé par un coup de lance.

A l'époque de son divorce, Napoléon ayant constitué pour l'impératrice Joséphine une maison d'honneur, le prince de Monaco, favori de la souveraine déchue, fut nommé son grand écuyer, et fit belle figure dans cette petite cour. A la Restauration, il rentra en possession de la principauté de Monaco et siégea à la Chambre des Pairs, dans le groupe libéral.

Il habitait tour à tour Paris, Monaco et Montbosq. Charitable, actif comme ses ancêtres, il s'appliqua de toutes ses forces à rendre à nos campagnes la prospérité dont elles jouissaient avant la Révolution et les guerres de l'Empire. Le prince n'était pas un simple philantrophe, la note chrétienne dominait dans ses œuvres et si on lui reproche quelques écarts dans sa vie privée, on ne put s'empêcher de louer la foi sincère et le dévouement généreux qui animaient toutes ses entreprises.

Laissons ici la plume au docteur Deschamps qui connut intimement le prince et nous a laissé de si précieux renseignements sur Torigni et ses barons féodaux. « Le but du prince Honoré V était de faire progresser l'agriculture et d'améliorer le sort des travailleurs..... non seulement de nourrir les mendiants et d'arrêter leur vagabondage, mais de les moraliser et d'éteindre peu à peu le paupérisme en faisant naître l'amour et l'habitude du travail chez ceux de ses membres que leurs forces et leur santé rendraient aptes à s'y livrer (1). »

Nous n'étudierons pas en détail le système de culture préconisé et appliqué par le prince en beaucoup d'endroits de notre contrée, nous dirons seulement qu'il produisit d'excellents résultats.

Mais ce n'était là que la première partie du programme d'Honoré V relativement à l'extinction du paupérisme ; voici quel en était le complément.

« Supprimer l'aumône faite aux portes, souscrire pour une somme équivalente à celle que cette aumône de chaque jour coûte annuellement. Avec le produit de ces souscriptions, un comité élu par les souscripteurs, secourera les pauvres, qui ont vraiment droit à la charité publique, plus efficacement que ne le fait la mendicité nomade (2). »

Le prince de Monaco s'inscrivit pour 500 fr. par an, somme que sa générosité ne trouva jamais suffisante. Son exemple suscita de nombreux imitateurs, et dès la première année les souscriptions s'élevèrent à 3,200 francs « Un comité d'administration de secours, dont le maire et le curé faisaient partie de droit, fut organisé ; une liste des personnes vraiment nécessiteuses fut dressée, et chacune d'elles reçut, chaque matin, une quantité suffisante de soupe de très bonne qualité. Au moyen de 2,000 fr. donnés par le prince, on occupa les fileuses, les tricoteuses, les tisserands de la classe indigente, à laquelle une partie du produit de ce travail fut distribué, le surplus vendu avec bénéfice (3). »

Le système du prince fut appliqué avec beaucoup de succès dans les communes de Saint-Amand, de Guilberville et du Perron. Malheureusement l'œuvre d'Honoré V périt avec lui, après quatre années d'heureux résultats.

Le prince mourut, on peut le dire, victime de son dévouement. Il assistait avec une régularité scrupuleuse à toutes les séances des comités d'administration établis dans les communes qui avaient

(1) *Torigni et ses barons féodaux*, p. 138.
(2)   *Id.*   p. 140.
(3)   *Id.*   p. 140.

adopté son système. Souvent il s'y rendait à pied. Un jour qu'il avait hâté sa marche pour arriver « à l'heure militaire » au presbytère de Guilberville, il fut saisi par un refroidissement et malgré tous les soins que lui prodiguèrent à Paris les plus célèbres médecins, le prince succomba en 1841, vivement regretté de ses amis et des populations auxquelles il avait déjà fait tant de bien.

Il aimait à visiter les communes du canton de Torigni ; mais il ne voulut jamais revoir la ville et le château de ses ancêtres. Comme on le priait un jour de satisfaire l'envie qu'avaient les habitants de saluer dans leurs murs le digne descendant des Seigneurs qui avaient fait la gloire et la prospérité de leur petite ville. Honoré V répondit : « Plus tard, je ne suis pas encore assez fortifié contre l'impression que cette visite me ferait éprouver. »

Le frère d'Honoré V, *Florestan Ier*, ne connut pas non plus Torigni, et les princes de Monaco qui lui ont succédé ont oublié cette petite ville. Celle-ci cependant n'a pas été complètement ingrate à la mémoire de ses anciens bienfaiteurs. Elle a recueilli, un peu tard il est vrai, mais pourtant avec un soin presque religieux, un grand nombre de souvenirs se rattachant à l'illustre maison de Matignon. Dans ces derniers temps surtout, elle a pris à cœur de restaurer la grande galerie historique du château. Des hommes intelligents et dévoués ont recherché de toutes parts des documents propres à faire revivre dans tout son éclat la vie des Matignon-Grimaldi et les ont offerts avec empressement à l'auteur de cette notice. — Espérons qu'un jour, la municipalité de Torigni, mandataire d'une population intelligente et généreuse, élévera quelques monuments à la mémoire d'une des plus glorieuses familles de notre France qui en compte tant de si illustres. Pourquoi, par exemple, ne placerait-elle pas sur la grande place du château, digne des plus belles villes, la statue du plus célèbre de ses anciens princes, le très vaillant maréchal de France, Jacques II de Matignon ? Cet acte honorerait à la fois et l'ami de Henri IV et les descendants de ceux qu'il se plaisait à appeler « ses enfants. »

CHÂTEAU DE TORIGNY (MANCHE)
Vue prise des Cascades
D'APRÈS UN DESSIN ANTÉRIEUR A 1787

—

TROISIÈME PARTIE

TORIGNI A LA RÉVOLUTION

CHAPITRE Ier

LES MONUMENTS

1° LE CHATEAU ET SES DÉPENDANCES

Après avoir fait connaître brièvement la succession et la vie des seigneurs de Torigni, il importe de donner un aperçu de la ville elle-même et de son territoire aux différentes phases de leur longue histoire.

Déjà nous avons esquissé à grands traits sa physionomie à l'époque féodale. La vieille forteresse de Robert de Glocester et de ses successeurs, ainsi que le groupe d'habitations placé sous sa garde, ressemblait à peu près à toutes les places fortes du moyen âge.

Tout autre est l'aspect du superbe château bâti par le grand Maréchal et embelli par les soins de son fils, Charles de Matignon. Avant de le décrire dans ses principales lignes, prenons brièvement connaissance du cadre général. A l'est et au sud, s'étendent le parc et les étangs; à l'ouest, s'échelonnent les habitations du quartier Notre-Dame; à l'ouest encore, au nord et à l'est, celles de Saint-Laurent; à un quart de lieue au nord-est, sur une hauteur dominant la ville, s'élève l'église de Saint-Amand, au centre de la bourgade.

Torigni n'est plus cette ville riche et puissante décrite par les chroniqueurs du moyen âge. Les invasions sauvages des Anglais, les fureurs des guerres de Religion, les ravages de la peste à plusieurs époques, la fréquence d'incendies considérables ont réduit la population, affaibli grandement sa prospérité.

Son territoire, en 1789, présente 720 toises de longueur.

L'aspect général du château, à cette époque, était très imposant. Il formait un carré long, ouvert et sans bâtiments du côté de l'ouest. Quatre magnifiques pavillons reliaient les ailes. Le seul qui reste aujourd'hui, celui de l'ouest, est très remarquable.

Charles de Matignon le fit bâtir, en style florentin, sur l'emplacement de la vieille tour élevée par Robert de Glocester. La pierre de grès rouge dont il est construit en grande partie, comme le reste du château, est d'un bel effet; elle sort des carrières du vieux Torigni. On remarque, au fronton, des trophées d'armes sculptés avec beaucoup de délicatesse. Ce pavillon, quoique fort beau, le cédait de beaucoup à son rival de l'est où se trouvaient les plus luxueux appartements, entre autres la chambre dorée. Il fut démoli par l'acquéreur auquel Santerre avait cédé le château, mais la municipalité de Torigni, dirigée par M. Le Chartier de la Varignière, le remplaça par un pavillon moins somptueux, quoique digne pendant de celui de l'ouest.

Des fossés secs et revêtus de pierre de taille faisaient le tour du château. Ceux du nord ont été comblés; deux rues occupent ceux de l'ouest et du midi; celui de l'est a été remplacé par la grande route de Vire à Saint-Lô. Le Boulingrin, jolie promenade de 450 pieds de longueur, plantée de tilleuls, longeait le fossé au nord et communiquait vers l'est avec un emplacement nommé le parterre.

L'entrée principale du château était à l'ouest. Elle se composait d'un bâtiment à deux pavillons, séparés l'un de l'autre par une grande porte cochère, et appelé le corps de garde. Quoiqu'en partie dissimulé par des constructions nouvelles, on le voit encore aujourd'hui en face de l'église Saint-Laurent, sur le bord de la rue aux Juifs. La façade intérieure se dessine fort bien de la place du château.

Le corps de garde donnait accès dans une première cour, appelée cour du milieu où l'on voyait d'abord de fort belles écuries que le prince Honoré III, grand amateur de chevaux (1), avait fait bâtir en 1782. Au-dessous se trouvaient les communs, très considérables depuis que le prince les avait fait agrandir, vers la même époque. Tous ces bâtiments sont devenus des maisons particulières. Une grande porte cochère ouverte, presqu'en face du portail de l'église Saint-Laurent, permet de jeter un coup d'œil sur la façade intérieure de ces constructions.

(1) En reconnaissance de l'hospitalité si bienveillante et si somptueuse que le duc d'York avait trouvée près des princes de Monaco, le roi d'Angleterre fit don à Honoré III d'un certain nombre de chevaux magnifiques.

Frontispice antérieur du château

La première cour communiquait en face du corps de garde avec une autre cour carrée d'environ 220 pieds de longueur et fermée sur trois côtés d'une belle balustrade en pierre de taille. Cette cour, faite de terres apportées et retenues par de hautes et solides murailles, portait le nom de cour aux canons, à cause de grandes pièces de canon qu'on voyait dans son enceinte. Elle dominait hardiment le plateau des cascades dont nous allons parler.

La balustrade a disparu et les pièces de canon ont fait place aux pacifiques pommiers de Normandie. De cette cour, on passait dans la cour d'honneur du château par un pont-levis jeté sur le fossé de l'ouest. Il paraît que cette cour intérieure était ornée de belles statues et de bassins élégants.

Un second pont-levis, jeté au nord, reliait le château et l'orangerie, vaste emplacement s'étendant au nord et à l'est. Dans un rapport que les citoyens Heudeline et Le Pourvoyeur adressaient, le 15 nivôse, 3ᵉ année républicaine, à la Commission d'Instruction Publique, siégeant au Rocher de la Liberté (ci-devant Saint-Lô), les deux commissaires faisaient un grand éloge de l'orangerie des Matignon et de la vigilance dont le jardinier des ci-devant princes entourait plus de deux cents magnifiques orangers renfermés dans son enceinte, qui, dans la saison des fleurs, envoyaient leurs parfums jusqu'à deux lieues à la ronde.

L'orangerie comprenait deux parties distinctes : un emplacement appelé le parterre, où se trouvait une serre capable de loger tous les orangers pendant l'hiver. Ce bâtiment, long de 160 pieds, et construit en pierres de granit vert, était terminé à l'ouest par un petit pavillon octogone. Tout près, un bassin circulaire pour l'arrosage des plantes du jardin. A la suite du parterre, s'étendait un vaste terrain fermé au midi par une balustrade de 625 pieds de long. Cette balustrade, faite de pierre de taille, comme celle de la cour aux canons, reposait aussi sur des murs construits pour soutenir les terres dont cette place était formée. Une magnifique promenade faisait suite à l'orangerie. Mais avant d'étudier les détails du parc des Matignon, jetons un coup d'œil sur l'ensemble.

Ce parc, qui avait plus d'une lieue de circonférence, était assurément le plus beau de la Normandie. Ses larges et longues avenues, ses belles futaies d'arbres séculaires, ses pelouses, ses terrasses, ses côteaux, ses cascades, ses pavillons, ses planitres lui donnaient un air de ressemblance avec le parc de Versailles. La plus grande partie de ce parc était sur la paroisse de Giéville, et l'on voit encore aujourd'hui, non loin du presbytère, les restes d'une des entrées qu'on appelait vulgairement la « Porte du Curé ».

A l'est du château, c'est-à-dire au pied de cette belle façade dont l'aspect imposant frappe le voyageur qui se dirige de Vire à Saint-Lô, se trouvaient de magnifiques jardins en pente douce, remplacés par de vulgaires potagers et des constructions modernes. Au-dessous, le plateau des cascades dessiné et planté d'arbres taillés selon le goût du temps. De l'autre côté, des jardins répondaient par leur symétrie et leur magnificence à ceux dont nous venons de parler. Alors n'existaient pas ce long boulevard parallèle au château et cette filature qu'alimentent les eaux du grand étang. Le canal qui amène ces eaux avait une autre destination : il faisait jouer de gracieuses cascades « dont les vastes coquilles granitiques ont excité la cupidité des démolisseurs; » puis, comme aujourd'hui, il allait alimenter l'étang du Grand Vivier qui s'étend, sous forme de carré long, entre la cour aux canons, les communs du château et le jardin neuf.

Cet étang, qui renferme dans sa partie la plus rapprochée du boulevard, un gracieux petit îlot, était encadré d'un large ruban de verdure qui servait de tapis aux groupes joyeux qui venaient prendre leurs ébats au bord des eaux limpides. Plus d'une fois, ce petit lac comme le grand étang, fut témoin de fêtes de nuit dignes de Versailles ou de Venise. L'effet en était merveilleux. A la lueur de mille feux étincelants, au bruit des instruments de musique, de nombreuses petites embarcations, aussi gracieuses que les gondoles vénitiennes, toutes chargées de grandes dames et d'illustres gentilshommes, la fleur de la noblesse normande, glissaient comme en se jouant, à la surface des eaux qui réflétaient jusque dans leurs profondeurs les feux des barques et les passagers. Il y a quelques années encore, le 15 août, jour de la fête de l'empereur, nous percevions comme un écho lointain de ces fêtes du passé; mais les grands seigneurs, les nobles dames, la troupe brillante des laquais et des serviteurs, les jets-d'eau, les cascades retentissantes, le bruit du cor et des violes, le grandes allées étincelantes de mille feux, les statues des nymphes ou des glorieux ancêtres, n'étaient plus là.

Au midi de l'étang que nous venons de décrire, s'étendait en côteau le Jardin Neuf « dessiné en beaux compartiments ornés de gazon et d'arbustes. » A l'extrémité, vers le sud-ouest, Jacques-François Léonor de Matignon fit construire, en 1742, un bâtiment appelé pavillon de Flore; on en voit encore des vestiges au coin du grand boulevard qui enserre le Jardin Neuf. Comme on riait des dépenses considérables que le prince avait faites pour un si petit ouvrage, il fit graver sur la clé de voûte, où est l'entrée du jardin, l'inscription suivante :

« *Democritus alter posuit anno 1742.* »

« Un autre Démocrite a élevé ce pavillon en 1742. »

Le pavillon de Flore était sans doute un rendez-vous de chasse, un vide-bouteilles. Il se composait de deux bâtiments distincts; l'un dont la façade donnait sur le Jardin Neuf, servait aux princes; l'autre, placé en arrière, était habité par le gardeur de loups. On renfermait ces animaux dans une petite cour triangulaire qui existe encore aujourd'hui et qu'on désigne toujours sous le nom de cour aux loups. A droite du petit château (nom que porte parfois le pavillon de Flore) se trouvent de grandes portes murées qui, au dire de certains antiquaires, auraient servi d'entrées à des voûtes percées sous la prairie voisine. Là, peut-être, étaient tenues en réserve les pièces de gibier sauvage qui devaient servir à la chasse des princes. Quelques-uns ont voulu y voir, à tort ce nous semble, l'entrée d'un souterrain dont on a retrouvé quelques vestiges en plusieurs endroits de la ville. Sous le pavillon existent encore des réservoirs d'eau qui ne tarissent jamais.

Certains documents font mention d'une grande et belle salle construite dans le petit château et d'un joli balcon où les musiciens de la cour venaient souvent donner des sérénades; mais ces pièces sont sans doute tombées sous la pioche des démolisseurs, car il n'en reste aucune trace.

Quelques cents mètres au-dessus du pavillon de Flore, à l'une des extrémités du parc, était un lieu élevé appelé l'Aurore d'où la vue s'étend sur un vaste et magnifique panorama; elle plonge surtout avec délices dans la petite vallée où repose, comme dans un berceau de verdure, l'antique résidence des comtes de Matignon, devenus plus tard princes de Monaco.

D'après la tradition, il y avait à l'Aurore un pavillon de plaisance, mais les titres de la maison de Matignon ne font mention que d'un moulin à vent.

Mais revenons à l'extrémité septentrionale de l'étang du Jardin

Neuf, au pied des communs du château, devenus avec le temps de jolies maisons bourgeoises. Traversons les cours. Voici la rue des Juifs, qui, dans sa partie méridionale, se joint bientôt à la rue du Cheval-Blanc. Là habitaient, écrit le docteur Deschamps, « ces *parias* du moyen âge, obligés de se placer, moyennant finances, sous la protection de barons féodaux, pour échapper à la haine et à la persécution dont ils étaient l'objet, de la part des populations égarées par l'ignorance et le fanatisme. » Etaient-ce bien l'ignorance et le fanatisme qui poussaient les populations aux excès que leur reproche le docteur philanthrope? Les juifs d'alors ne ressemblaient-ils pas, par leur rapacité, à ceux d'aujourd'hui? Et nos ancêtres du moyen âge n'étaient-ils pas en état de légitime défense?

Au point de jonction d'où nous venons de partir, « était une des portes de la place, communiquant par une chaussée, qui servait de barrage à l'étang du jardin neuf, avec le faubourg Notre-Dame-du-Vivier, dont la rue qui suit la route de Granville, monte le versant oriental du côteau. » La grande prairie, appelée le pré du Val, qui est séparée actuellement de l'étang du Jardin Neuf par la route de Granville et une ligne d'habitations particulières, était aussi un vivier auquel faisaient suite, en longeant au nord de la ville les anciens remparts, de larges et profonds fossés remplis par les eaux d'un ruisseau qui serpente maintenant à travers jardins et prairies. Les anciens fossés, en effet, ont disparu et dans le gracieux vallon qui les remplace, s'étendent de jolis jardins et de riches habitations. Ce quartier, appelé encore du nom significatif de Bon Fossé, termine la ligne des fossés du côté nord-est de la ville.

A l'est, c'est-à-dire depuis le Bon Fossé jusqu'au grand étang, Torigni n'était protégé par aucun fossé, ou du moins il n'en reste pas de traces. Mais les vestiges des anciennes fortifications n'ont pas entièrement disparu.

On voit en effet à la sortie de Torigni, sur la route de Caen, une maison dont les meurtrières rappellent assez un poste de défense. C'était là peut-être que les hommes d'armes du marquis de Longaunay, seigneur de Dampierre, tenaient garnison.

Presque en face se trouve le Plessis, pied-à-terre sans doute du marquis lui-même ou résidence du commandant du poste militaire. Une cave de cette habitation semble avoir servi autrefois de prison aux malfaiteurs qui tombaient entre les mains des hommes d'armes.

A peu de distance, au midi, coule la petite rivière des Nonains qui alimente, avec un autre ruisseau venant de Giéville, les étangs de Torigni. Sa vallée est fertile et très pittoresque. La rivière entre dans le premier étang par le pont et sous la chaussée de Passelaie, dénominatif dû sans doute au voisinage du *Buret* ou bâtiment à loger les porcs qu'on élevait autrefois en assez grand nombre dans cette contrée. Le *Buret* a été transformé en une riche habitation bourgeoise. La chaussée de Passelaie qui longeait les murs du parc dont on voit toujours des vestiges, était encore, au commencement de ce siècle, le seul chemin de Torigni à Vire.

Mais revenons à l'extrémité sud-est de l'orangerie. De ce point, la vue embrasse d'un seul coup d'œil la courbe gracieuse du grand étang. Le spectacle est ravissant; cette longue nappe d'eau entourée d'un riche ruban de verdure, produit le plus bel effet. Et pourtant combien elle était plus merveilleuse autrefois, lorsque la main barbare du spéculateur n'avait pas encore porté le fer dans le sein des hautes futaies qui lui faisaient un cadre saisissant de grandeur et d'élégance! Le côté de l'est seul a conservé à peu près tous ses charmes. Un gracieux coteau, celui de Bel-Air, s'incline doucement vers le petit lac où se mirent les grands arbres qui le couronnent. Cette avenue de tilleuls est l'une des plus belles qui se puissent voir. Malheureusement, le cyclone de juillet 1894, a brisé, sans pitié pour leur âge séculaire et leur incomparable beauté, plusieurs de ces géants qui avaient abrité de leurs rameaux tant de nobles personnages et reçu peut-être les confidences des rois A moitié du grand mur qui longe l'allée des tilleuls, se trouve un léger enfoncement demi-circulaire qu'on appelle encore la « table d'Apollon. » Là venaient respirer l'air embaumé des suaves parfums de l'oranger ou jouir des beautés du lac enchanteur, les maîtres et les familiers du château. La table d'Apollon n'est plus à sa place : elle figure aujourd'hui dans la cour d'honneur de l'habitation de M. de la Motte-d'Annebault, transformée en école primaire : les petites filles de ce peuple auquel les seigneurs de Matignon-Grimaldi firent tant de bien, ont remplacé autour de la célèbre table, les princesses, les duchesses et les marquises. Ainsi passent les hommes et les choses, sous l'œil de Dieu, seul immuable, seul éternel.

4.

A l'extrémité méridionale du grand mur et à droite, se trouvait un tertre planté de hêtres gigantesques et appelé justement le *Bel-Air* : il avait donné son nom au coteau et à l'avenue que nous venons de décrire.

En face, se trouvent le pont Bénédict et la chaussée qui divisent en deux parties le grand étang. Là s'élève encore un pan de muraille mis à nu par un éboulement du glacis de Bel-Air. Le docteur Deschamps pense que ce sont des restes d'une fortification destinée à défendre le passage.

La chaussée, qui fait communiquer aujourd'hui l'avenue de Bel-Air et la grande route de Vire à Saint-Lô, reliait autrefois le Bel-Air et une vaste prairie enclavée dans le parc et appelée l'herbage aux poulains. A l'ouest, s'étendait l'une des plus belles parties du parc, allant aboutir aux cascades. C'était la Déesse dont le rebord septentrional, faisant pendant au coteau de Bel-Air, portait le nom de coteau de la Déesse. La Déesse et le bois de la Glacerie, situé à gauche, ont disparu et fait place au faubourg du Champêtre. Le gracieux coteau existe toujours, mais les grands arbres du siècle dernier sont tombés sous la hache des bûcherons et des charbonniers qui donnèrent naissance au faubourg dont nous venons de parler. — L'avenue actuelle est de date assez récente. Le bois de la Glacerie s'étendait jusqu'au Jardin Neuf déjà décrit. Peut-être cette partie du parc tirait-elle son nom d'une manufacture de glaces ou glacerie établie dans le voisinage. On sait qu'au XVIIe siècle, plusieurs manufactures de ce genre furent fondées en France (l'une d'elles à la Glacerie, près de Cherbourg) sous le patronage de Colbert.

Nous avons pu, grâce aux peintures, aux mémoires, aux cadastres, aux récits oraux de quelques rares survivants de l'époque révolutionnaire, donner une idée exacte de l'aspect extérieur du château des Matignon-Grimaldi et de ses dépendances avant l'œuvre de destruction entreprise au commencement de ce siècle, mais il ne sera pas possible de reproduire intégralement la physionomie intérieure de cette résidence presque royale. A l'aide de documents précieux, dus à la gracieuse obligeance du savant archiviste de la Manche, M. Dolbet, nous essaierons néanmoins de la reconstituer dans ses principales parties, et de donner par quelques exemples, une idée des richesses artistiques entassées depuis un siècle dans le « petit Versailles de la Basse-Normandie. »

Ces richesses, nous les connaissons surtout par un rapport des citoyens Heudeline et Le Pourvoyeur, daté du 15 nivôse, 3ᵉ année républicaine, et adressé à la Commission d'Instruction Publique, siégeant au Rocher de Liberté (ci-devant Saint-Lô).

Ces deux citoyens, l'un administrateur du Directoire du District du Rocher de la Liberté et l'autre artiste-peintre, constatent, en faisant l'inventaire des tableaux et objets d'art renfermés dans le château du citoyen Grimaldi-Monaco, réputé père d'émigré et détenu à Paris, que la grande galerie et diverses salles du susdit château contiennent un nombre considérable de tableaux, de statues, etc., parmi lesquels il s'en trouve de nos plus grands maitres.

« Il y en a de l'Ecole française, italienne et flamande. On a du plaisir à y rencontrer des morceaux de Le Sueur, de Raimbran *(sic!)*, de Gillo, de Nicolas Couespel, de Téniers, de Wan Dyck, du Tintoret, de l'Ecole du Titien, de Vanloo et autres. »

Ces tableaux, au nombre de 99, enlevés des murs et déposés pêle-mêle, surtout dans la grande galerie, furent, sur les indications des citoyens Leclerc, concierge, et Hotot, menuisier de la maison Grimaldi, replacés aux endroits qu'ils avaient occupés.

Les commissaires parlent avec enthousiasme de la superbe galerie et de ses onze grands tableaux peints par Vignon, en 1650, et qui n'ont point été déplacés. « Ils seront, disent-ils, conservés avec grand soin. Seulement, comme il se trouvait sur ces tableaux des couronnes, des fleurs de lys et d'autres signes de féodalité qui devaient être effacés, les préposés du ci-devant prince ont employé avec beaucoup de précaution une détrempe et non une peinture dégradante; ils se sont servis de colle et de craie, de sorte que ce plaquis s'enlève à volonté sans que le tableau reçoive la moindre altération, en attendant que les secours de l'art aient fourni les moyens de faire disparaître ces signes odieux (1). » Nous donnerons, en parlant de l'état actuel du château, la description de ces onze grands tableaux et de la plupart de ceux mentionnés par les commissaires du district. Ils ornent encore la grande galerie et les salles du pavillon de l'ouest, restes grandioses du palais des Matignon-Grimaldi.

Un certain nombre de chefs-d'œuvre, existant à l'époque de

(1) Ce plaquis a été enlevé.

l'inventaire, ont disparu. Les commissaires parlent, en effet, de riches tableaux représentant des rois, de 30 grands tableaux et portraits en pied de deux, trois et quatre mètres, indépendamment de ceux dont il a été fait mention, de deux très beaux bustes plus grands que nature, en marbre blanc poli représentant Saturne et Cérès; de quatre bustes de sénateurs romains, même grandeur, en marbre brut; de trois autres bustes dont l'un, celui de Bacchus, plus petit que nature, est en marbre blanc d'Italie et d'un beau travail.

On voyait aussi, dans une des salles du château, une belle tête de bronze, portrait de Montgommery, le redoutable et malheureux adversaire du maréchal de Matignon.

La plupart de ces richesses artistiques n'ont pas été conservées au musée de Torigni; nous savons seulement, par le rapport des deux commissaires, que plusieurs objets d'art qui ornaient le salon du parterre, entre autres les deux bustes en marbre représentant Saturne et Cérès et reposant sur des piédestaux aussi en marbre, avaient été transportés dans la salle décadaire de la commune de Torigni. Plusieurs maisons de la ville et des environs renferment encore quelques débris de ce trésor artistique que les princes de Matignon entretenaient avec une sorte de culte dans leur magnifique résidence de Basse-Normandie.

Avant de clore la liste des objets qui faisaient partie de ce trésor, il importe de signaler un beau piédestal en marbre rouge, connu sous le nom de marbre de Torigni. Large de 1 mètre et haut de 1 mètre 20, il servait, dit-on, à porter la statue de Titus Solemnis, prêtre de Mercure, de Mars et de Diane. Les trois provinces impériales de la Gaule, savoir : la Belgique, l'Aquitaine et la Celtique avaient décrété dans une assemblée générale, l'an 238 de l'ère chrétienne, d'ériger ce monument à la gloire d'un homme considérable par ses services, ses mérites personnels et ses liaisons distinguées.

Ce cippe de marbre avait été trouvé dans le village de Vieux, près Caen, en 1580. Le maréchal de Matignon le fit transporter à Torigni où il demeura dans l'obscurité pendant près d'un siècle. On le retrouva, en 1670, dans un des communs du château. Après être resté longtemps sur place, M. de Matignon le fit transporter dans l'orangerie; mais celle-ci ayant été brûlée en 1712, le marbre fut de nouveau exposé aux injures du temps. Des couvreurs l'endommagèrent. Enfin, en 1726, M. le duc de Valentinois le fit placer dans le vestibule du château d'où il fut transféré dans le salon du parterre, contre le mur occidental où on le voyait encore avant les bouleversements révolutionnaires. Ce marbre antique est maintenant à l'hôtel de ville de Saint-Lô.

Sur la face principale, on lit l'éloge abrégé de Titus Solemnis, les différentes fonctions publiques dont il fut investi, les grands services qu'il rendit à sa patrie et l'immense crédit dont il jouissait auprès de ses compatriotes. « La face du côté droit présente la copie d'une lettre de Claudius Paulinus, écrite de Bretagne à Solemnis. Après un compliment très poli, le magistrat romain lui annonce quelques présents qu'il le prie d'accepter, en attendant qu'il puisse lui envoyer une ordonnance pour le paiement en or de la somme due à Solemnis pour ses services militaires en Bretagne.

La dernière inscription, plus étendue et mieux conservée que les deux autres, est aussi la plus importante. C'est la copie d'une lettre écrite de Rome par OEdimus Julianus, préfet du prétoire, à Badius Commianus, l'un des principaux officiers de l'empereur dans cette partie des Gaules. Elle roule entièrement sur Solemnis qui en était le porteur. Julianus en parle comme d'un homme recommandable par ses bonnes qualités autant que par son sacerdoce, avec lequel il s'était lié pendant qu'il exerçait dans les Gaules certaines fonctions administratives (1). »

Passons rapidement en revue les pièces principales du château de Torigni. En ce qui concerne les parties tombées sous les coups des démolisseurs, nous avons peu de renseignements exacts. Le rapport envoyé à la Commission d'Instruction Publique et dont il a été déjà fait mention signale seulement la chambre dorée, la chambre des rois, le cabinet dit de la duchesse et la chambre dite de la duchesse.

La chambre dorée, qui communiquait avec la coupole que l'on voit encore aujourd'hui à l'extrémité de la grande galerie, était située dans le pavillon de l'est. Un spéculateur fit démolir ce pavillon en 1815, ainsi que la partie du château située à l'est. Ainsi disparurent la chambre dorée et les autres appartements d'honneur. Cette chambre, où le roi d'Angleterre, Jacques II, reçut une hospitalité momentanée, avait des lambris qui, depuis le plafond jusqu'au parquet, étaient peints fond or mat; les

(1) Manuscrit de M. du Perron.

principaux sujets en camaieu bleu azur et bleu foncé jusqu'à la nuance de l'indigo pur, produisaient l'effet le plus riche et le plus brillant sur ce fond d'or. Sur les grands pilastres qui soutenaient les balustres de l'estrade (le tout doré) régnait un pampre pourpre dont les fruits et les feuilles étaient sculptés en relief. La corniche, le plafond étaient également sculptés, peints et dorés. M. le curé de Saint-Amand acheta les lambris de cette chambre pour en décorer le chœur de son église.

La chambre des rois a aussi disparu. On l'appelait ainsi, à cause des portraits de rois qui en décoraient les murs. Pendant la Révolution, elle servit de prison aux religieuses arrêtées par les citoyens « pour cause d'incivisme et de bigoterie. »

Le cabinet dit de la duchesse renfermait quelques œuvres d'art, entre autres deux gladiateurs, deux taureaux, un portefaix et autres figures en bronze. On y remarquait encore des figures en rocaille, faïence et porcelaine, d'une assez grande valeur.

A côté, dans la chambre dite de la duchesse, se trouvaient une tapisserie sur laquelle on lisait des passages de l'Enéide, et quelques toiles représentant des ports de la Manche et des îles anglaises.

Les pièces de la partie du château qui reste debout ont subi d'importantes modifications. Quelques-unes, fort belles encore, auraient besoin de grandes réparations. Espérons que la municipalité qui s'est montrée généreuse pour les dépenses de la grande galerie, tiendra à honneur de rendre aux autres salles du château leur ancienne splendeur.

A l'époque de la Révolution, la grande galerie était à peu près telle que nous la voyons aujourd'hui. Seuls, les onze grands tableaux avaient été privés de leurs emblèmes féodaux que des mains fanatiques avaient fait disparaître sous un plaquis employé à la détrempe.

Après la galerie, était une pièce dite salle du dôme. Ce dôme avait deux étages; dans le pourtour du premier étaient peintes des figures en pied de grandeur naturelle, en camaïeu imitant la pierre. C'étaient une Marche triomphale, la Victoire, la Renommée, un Couronnement d'Empereur romain, un Sacrifice, une Ambassade, un Traité de paix. Les peintures du second étage représentaient, en camaïeu de même couleur, des Renommées et autres figures de moindre grandeur que celles du premier rang.

Au-dessus de la dernière balustrade, on apercevait le ciel légèrement nuageux et quelques oiseaux dans les airs.

A l'autre extrémité de la galerie, était la chapelle des comtes de Torigni, remarquablement belle par les sculptures sur bois qui la décoraient. En 1789, on y voyait vingt-trois tableaux, dont plusieurs existent encore et qui seront appréciés, lorsqu'il sera fait description de l'état actuel de cette chapelle.

Les trois pièces situées au même étage que la chapelle, la galerie et la salle du dôme, sont conservées et seront décrites plus tard, ainsi que celles du rez-de-chaussée dont nous allons parler brièvement.

En pénétrant dans le château par la porte du pavillon de l'ouest, on se trouvait dans un beau vestibule sur les murs duquel se détachaient quelques sentences proverbiales comme celles-ci :

« Tout est à vendre, hormis le bon esprit. »

« *Quiquid delirant reges, plectuntur Achivi.* »

De ce vestibule, une porte en face donnait entrée dans une salle à manger décorée de plusieurs tableaux figurant des courses à l'anglaise et des chevaux du prince Honoré III. Cette salle, pendant la Terreur, servait de chauffoir commun aux détenus renfermés dans le château.

De cette salle, on pénétrait dans un superbe salon où l'on remarquait plusieurs bustes en marbre avec leurs piédestaux et un bloc de granit fort ancien. « Ces pièces, disaient les délégués de la Commission de l'Instruction Publique, importent aux arts. Il y en avait, ajoutent-ils, plusieurs autres de même nature que l'on nous dit avoir été transportés pour la décoration du temple de la Raison. »

Ce salon communiquait avec une vaste et belle pièce servant de chambre à coucher dont nous expliquerons plus tard les ornements et décorations.

Les halles actuelles servaient de réfectoire. Cet appartement, situé au-dessous et de mêmes dimensions que la grande galerie du premier étage, avait un plafond richement décoré; une partie des murs était recouverte en brique faïencée; le reste, tout blanc, était orné de tableaux dont la plupart furent vendus en 1793. Quant aux briques faïencées, elles furent laissées à la merci du public : on en voit encore un grand nombre dans quelques maisons particulières de la ville.

Dans l'inventaire fait par le citoyen Lepourvoyeur, maître de dessin, le 17 thermidor, an II, il est fait mention de 282 tableaux de toutes grandeurs. Les marbres étaient aussi fort nombreux ; le même document signale 21 figures, 10 tables et 14 piliers en marbres de différentes couleurs, 17 figures en bronze. Ces chiffres sont bien au-dessous de la réalité, car beaucoup d'objets d'art avaient déjà disparu, à l'époque de l'inventaire.

Les escaliers du château étaient fort remarquables. Les commissaires déjà désignés parlent d'une grille en fer légèrement ouvragée et servant de rampe à l'escalier qui conduisait aux appartements du premier étage que nous avons décrits. « Cette grille, écrivent-ils, détachée en exécution de l'arrêté du représentant du peuple Le Carpentier, est restée par pièces au bas de cet escalier dans la galerie du *retz-chaussée* (sic). C'est un ouvrage bien fait qui semble devoir être conservé ainsi que beaucoup de pièces d'un superbe balcon qui existait sur la terrasse vers les cascades. »

Cette grille « ne pouvant offrir une grande ressource aux manufactures de la République » fut laissée sur place par les commissaires du gouvernement et orne encore aujourd'hui le susdit escalier.

Nous avons déjà dit que pendant la Terreur le château de Torigni servit de maison d'arrêt pour le District et que les prisonniers occupèrent notamment la salle à manger, la grande galerie du rez-de-chaussée et la chambre dite des rois. Ces prisonniers étaient de deux catégories : les suspects et les otages. Aucun d'eux ne monta sur l'échafaud.

Lors de la guerre contre les Chouans, quelques-uns des chefs de l'armée des côtes de Cherbourg étaient d'avis de massacrer les six cents suspects renfermés au château, mais le général Beaufort s'y opposa. « En me dévouant au service de la République, aurait-il écrit à cette occasion, je n'ai pas la charge de bourreau, et mes soldats pensent comme moi. » (18 janvier 1794). Instruit de ce fait, Jean Chouan aurait défendu à ses hommes de jamais tirer sur le général. (*Pitre-Chevalier, Bretagne et Vendée*, p. 603, d'après M. de la Sicotière, « Louis de Frotté et les insurrections normandes. »)

2° LES EGLISES

Eglise Saint-Amand. — A l'origine, Torigni n'avait qu'une seule église, celle de Saint-Amand. « Saint-Amand! » était le cri de guerre de ses barons, et la *Chronique de Normandie*, imprimée à Rouen en 1578 (1), rapporte que l'un d'eux, Hamon, surnommé Audens, recommanda pieusement son âme à saint Amand lorsqu'il fut frappé à mort à la bataille du Val-des-Dunes (10 août 1047).

Mais cette église était trop éloignée de la ville; « les petits enfants qu'on y portait à baptiser souffraient beaucoup de la longueur du chemin et de l'influence des temps. Ces considérations déterminèrent les habitants de la ville à faire construire une église plus convenable pour eux sous le nom de chapelle baptismale (2). » Elle fut placée sous le vocable de saint Laurent.

Eglise Saint-Laurent. — On ne connait pas précisément l'époque de sa construction. Cependant elle existait avant l'an 1033, époque à laquelle le duc Robert aumôna le patronage de saint Amand et de saint Laurent aux religieux de l'abbaye de Cérisy. Une donation, faite par Robert de Saint-Rémy à l'abbaye d'Aunay vers l'an 1134, prouve encore l'antiquité de cette église. Voici comment elle est conçue : « Notum sit præsentibus et futuris quod ego Robertus de Santo Remigio concedi Deo et abbatiæ Sanctæ Mariæ de Adueto unam mensuram quam habebam in Tauriniaco juxta Ecclesiam Sancti Laurentii. »

Longtemps, il n'y eut qu'un seul curé (3) pour l'église de Saint-Amand et sa succursale, l'église baptismale de Saint-Laurent. Mais celle-ci, ayant été augmentée d'une nef assez vaste et d'un bas-côté, devint paroisse particulière, tant pour le spirituel que pour le corporel. C'est ce qu'atteste le livre pelu de l'évêché de Bayeux, imprimé à la suite de l'Histoire que l'abbé Béziers a faite de la ville de Bayeux en 1773, où nous voyons que les deux communautés de Saint-Amand et de Saint-Laurent, ainsi que celle de Notre-Dame dont nous parlerons bientôt, était appelées séparément :

(1) *Chronique de Normandie*, chap. 46, page 74.
(2) Manuscrit de M. du Perron, chapitre Eglises.
(3) Le curé de Saint-Amand et de Saint-Laurent n'avait qu'un tiers des dîmes, les deux tiers appartenant à l'abbé de Cérisy, en qualité de gros décimateur.

Nobiles burgences S^{ti} Amandi ⎫

Nobiles burgences beætæ Mariæ ⎬ de Tauriniaco,

Nobiles burgences S^{ti} Laurentii ⎭

lors de la nomination des prieurs de la Maladrerie ou chapelle de la Trinité-Gouley.

A la droite de l'église de Saint-Laurent, se trouvait une chapelle que Hervé de Mauny, baron de Torigni, avait fait bâtir en l'an 1400, sous le nom et l'invocation de saint Pierre, avec un caveau pour les sépultures. — Mais comme l'église Saint-Laurent, contre laquelle cette chapelle avait été adossée, était une succursale de celle de Saint-Amand, appartenant alors aux religieux de Cérisy, Hervé de Mauny fut obligé d'obtenir leur agrément pour bâtir la chapelle Saint-Pierre. Il fut accordé. En reconnaissance de la permission qui lui avait été donnée, le baron de Torigni voulut que les quatre chapelains qu'il nommerait pour desservir cette chapelle, allassent, dans les quarante jours de leur institution, présenter sur le grand autel de l'abbaye de Cérisy une livre de cire et jurer entre les mains de l'Abbé prieur et religieux, de ne rien entreprendre contre leurs droits ni contre ceux de leur curé de Saint-Amand et Saint-Laurent.

Françoise de Daillon du Lude, veuve de Jacques de Matignon, fit ouvrir en 1601, le mur contre lequel cette chapelle était bâtie pour la réunir à l'église Saint-Laurent. L'on y remarquait le mausolée de Joachim de Matignon et de son épouse, tous deux représentés couchés à côté l'un de l'autre et un chien à leurs pieds pour symbole de leur amour et de leur fidélité.

Cette chapelle, connue sous le nom de *chapelle du Château*, a été démolie et remplacée par une plus spacieuse et plus riche (1893). Le caveau sépulcral existe encore; les cinq cercueils qu'il renferme échappèrent aux fureurs des révolutionnaires; on croit que l'un d'entre eux renferme les restes de Hervé de Mauny, fondateur de la chapelle.

Françoise de Daillon fit encore bâtir, en 1601, la *chapelle Notre-Dame* nommée ordinairement *chapelle des Mausolées*, derrière le grand autel de l'église Saint-Laurent, avec une cave pour les sépultures.

Elle fit en même temps reconstruire la voûte du chœur de cette église; mais elle ne fut pas obligée, comme Hervé de Mauny, de

TOMBEAU DU MARÉCHAL JACQUES II DE MATIGNON

Tel qu'il existait dans l'église Saint-Laurent de Thorigny

DU TEMPS DE L'HISTORIEN DE CALLIÈRES (1661)

prendre l'agrément des religieux de Cérisy, parce que le maréchal de Matignon, son mari, était devenu seigneur du fief de Cérisy par l'échange qu'il fit avec les religieux, en 1575, du patronage de Saint-Amand et de Saint-Laurent contre celui de Brectouville.

La noble dame fonda en cette chapelle 24 services, par contrat passé devant les tabellions, à Torigni, le 10 juillet 1612, et par un autre contrat passé devant les mêmes notaires, le 24 juin 1622. Léonore d'Orléans, épouse de Charles de Matignon, fit de nouvelles fondations et donations pour cette chapelle et pour celle de Saint-Pierre.

Le caveau, creusé sous la chapelle des Mausolées, fut violé le 19 novembre 1793. La municipalité de Torigni fit ouvrir les cercueils de plomb et enterrer les cadavres, cendres et ossements, dans l'ancien cimetière de Saint-Laurent. Les cercueils furent envoyés à Saint-Lô et le plomb converti en balles. Nous avons déjà dit que les restes du vertueux évêque de Lisieux furent retrouvés intacts. Dans ces derniers temps, on a fait quelques fouilles pour retrouver ces restes précieux et leur donner une sépulture plus digne, mais les recherches ont été infructueuses.

Le caveau de la chapelle des Mausolées existe encore, mais par suite de travaux importants, il n'est plus accessible.

Les mausolées qui s'élevaient dans la chapelle Notre-Dame étaient fort remarquables. Le plus beau était celui du maréchal de Matignon et de son épouse, Françoise de Daillon du Lude, placé au centre de la chapelle. Il était en marbre blanc; aux quatre coins figuraient les Vertus représentées de taille humaine, et sur le haut les statues de Jacques de Matignon et de sa noble dame. Sur la face méridionale du mausolée, se trouvait l'épitaphe du maréchal commençant par ces mots : « Siste, viator; hic jacet Mavortis ille filius intactæ pietatis et constantissimæ fidei heros. »

Sur la face opposée, on lisait l'éloge de Françoise de Daillon du Lude.

Dans le côté septentrional de la chapelle, en face de la porte d'entrée, se trouvait un autre tombeau, celui de Henri de Matignon, représenté en marbre blanc avec son armure, couché sur le côté droit, la tête appuyée sur une main, et tenant de l'autre main le bâton de maréchal. — Cette statue, nous l'avons dit, se trouve actuellement dans le jardin de l'hôtel de ville, à Vire.

Dans un retranchement fait sur le même côté, vers le milieu du mur, était un petit tombeau également en marbre blanc, celui de Jean-Louis-Charles, de François et de Léonor de Matignon, frères, tous trois représentés couchés. On nous permettra de citer les inscriptions gracieuses qui y avaient été gravées.

« Jean-Louis-Charles de Matignon, fils aîné de haut et puissant seigneur Henri, sire de Matignon, et de Marie-Françoise de la Luthumière, était né avec toutes les qualités qu'on peut désirer à une personne de son âge. — Son esprit et sa beauté furent admirés de toute la cour, il eut l'honneur d'être choisi par Sa Majesté pour servir en qualité d'enfant d'honneur auprès de Mgr le Dauphin où il se distingua d'une manière toute particulière, mais plus heureux d'être choisi pour le ciel avant que le siècle eût pu corrompre son cœur, il mourut à Paris le 17 août 1672. Il laissa toute sa famille dans une douleur extrême qui fut encore augmentée par la mort de ses deux frères, François et Léonor de Matignon, qui reposent avec lui dans ce tombeau. »

On lisait encore au-dessus du tombeau le sonnet gravé suivant, sur un marbre blanc :

> Des héros mes ayeux je montrais le courage,
> Et le zèle et l'ardeur que l'on doit à son roi :
> Si de ses plus beaux dons le ciel fit mon partage,
> Ils ne furent jamais mieux cultivés qu'en moi.
> On loüait mon esprit, mon air et mon visage,
> Déjà l'on admirait ma candeur et ma foi ;
> Tout ce qu'on peut savoir, je le sçus à mon âge,
> Quand la mort à dix ans me rangea sous sa loi.
> L'impitoyable mort, sans ieux pour tant de charmes
> Ni pour ce que ma tombe allait causer de larmes,
> Me fit au gré du monde un sort infortuné.
> Mais vois, ô monde aveugle, à quel point tu te trompes
> D'espérer follement qu'en ta gloire et tes pompes
> J'aurais pu rencontrer ce que Dieu m'a donné.

Se lisaient aussi sur des tables de marbre noir et attachés au mur méridional de la même chapelle, les épitaphes d'Odet et de Charles de Matignon, fils du grand maréchal, de Mme Léonore d'Orléans, épouse du précédent et de Jacques de Matignon, 3e du nom.

Les superbes monuments de la chapelle Notre-Dame furent

détruits dans le mois d'octobre 1792 par les bandes indisciplinées des généraux républicains Sépher et Tilly, qui se portaient au secours de Granville, menacé par les Vendéens. La municipalité fit vendre les débris de ces mausolées et les inscriptions elles-mêmes. En 1798, M. de Grimaldi racheta quelques morceaux épars chez différents habitants de Torigni et les rassembla dans son château.

Dans leur rapport, les deux commissaires dont nous avons déjà parlé, les citoyens Heudeline et Le Pourvoyeur, constatent qu'il se trouvait en 1793, dans la salle décadaire de Torigni, un beau bloc de marbre supporté par quatre pieds de lion en bronze et formant la base de l'autel de la patrie; deux figures en marbre représentant des femmes sont placées de chaque côté : « elles faisaient partie, disent-ils, de la décoration de la chapelle des Mausolées. »

Dans un autre rapport, daté de 1820, il est fait mention de plusieurs objets d'arts, alors déposés dans le château de Torigni, et ayant appartenu à la susdite chapelle : 12 colonnes en marbre de diverses couleurs, d'un à deux mètres de haut; deux morceaux de marbre quarré-long plat, de la longueur d'un mètre, avec inscriptions gravées en creux et dorées; un saint Jean à l'âge de 12 ans, en marbre blanc poli; des bas-reliefs du plus beau marbre blanc d'Italie, représentant la Renommée, deux génies et des attributs de guerre.

Dans l'ancienne maison de M. de la Motte se trouve, comme dessus de cheminée, un autre bas-relief, portant les attributs de la paix et ayant figuré autrefois au-dessous du tombeau de la maréchale.

Un des écussons du même tombeau est conservé à Torigni, mais le lion qui se trouve au milieu y est martelé et effacé.

Une famille de Torigni possède deux des tablettes funéraires avec leurs inscriptions qui se trouvaient dans la chapelle des Mausolées. L'une concerne Charles de Matignon, fils du maréchal Jacques II de Matignon; l'autre, Jacques III. époux de Charlotte de Matignon, sa nièce, né en 1644, mort en 1725.

Voici ce qu'on lit sur la première : « Cy gît très-haut et puissant seigneur, Messire Charles, seigneur de Matignon, comte de Torigni et de Gacé, marquis de Lonrai, baron de Saint-Lô et fils de Jacques

de Matignon et de Françoise de Daillon du Lude; il commença
ses premiers exploits en Guïenne, sous M. le maréchal, son père,
il y fut fait capitaine de cent hommes d'armes, mestre du camp
d'infanterie, maréchal des camps et armées du roi, maire de
Bordeaux et gouverneur du Château Trompette; ses premiers
ennemis furent ceux de l'Eglise, il les battit en plusieurs ren-
contres; il défit les troupes du roi de Navarre devant Nérac, il fut
blessé au siège de Blaye, prit la ville d'Agen, se signala à la
bataille de Moncontour et eut la principale part à la gloire des
combats de M. le maréchal, son père. Il épousa Mme Léonore
d'Orléans, fille de Léonore d'Orléans, duc de Longueville, et de
Marie de Bourbon, princesse du sang royal. Henri IV le fit son
lieutenant-général en Normandie et chevalier de ses ordres.
Louis XIII luy donna le brevet de maréchal de France et la lieute-
nance générale de ses armées en Bourgogne; il appaisa par son
autorité les mouvements de la province. Sa naissance fut illustre,
sa valeur extraordinaire, ses emplois glorieux, ses alliances
grandes, sa vie longue et sa fin chrétienne et tranquille entre les
bras des siens; il mourut à Torigny, regretté de tout le monde, le
9 juin 1648, âgé de 84 ans. »

L'autre inscription est ainsi conçue : « A la mémoire perpétuelle
de très haut et très puissant seigneur Jacques, sire de Matignon,
troisième du nom, duc d'Estouteville, comte de Torigny, baron
de Saint-Lô, seigneur de Hambie, Condé-sur-Noireau, Gatteville,
etc., etc., chevalier des ordres du roi, lieutenant-général de ses
armées, et le huitième de sa maison, lieutenant-général de Normandie. Héritier de la religion et des vertus de ses pères comme
de leurs grands biens, il repose ici avec eux; il a servi les rois
avec la même fidélité, il a gouverné cette province avec la même
prudence, il a repoussé les ennemis qui la sont venus attaquer,
n'ayant pour la défendre que la noblesse qu'il s'était attachée par
ses bons offices ou par ses bienfaits. Il naquit à Torigny, le 28 de
mai 1644. Il épousa Charlotte de Matignon en 1675. Il succéda à
Henry, sire de Matignon, son frère aîné, en 1682; il mourut à
Paris, muni de tous les sacrements et plein des miséricordes de
Dieu, le 14 janvier 1725. Charlotte de Matignon, sa nièce et son
épouse, après avoir passé les dernières années de sa vie dans tous
les exercices d'une véritable piété, décéda à Paris le 14 avril 1721;
elle repose ici avec lui. Priez Dieu pour eux. »

Nous croyons juste avant de clore le chapitre des sépultures, de donner aussi l'inscription relevée sur la tablette de marbre noir concernant l'illustre Léonore d'Orléans, qui apporta tant de lustre et de vertus dans la famille des sires de Matignon.

« Cy gît très haute et très illustre princesse, Madame Léonore d'Orléans : passant, apprens sa naissance et ses vertus; tu jugeras sa vie digne de ton admiration et sa mort de tes larmes. Elle fut fille de très illustre prince Léonord d'Orléans, duc de Longueville et d'Etouteville et comte souverain de Neufchâtel, en Suisse, et de Madame Marie de Bourbon, princesse du sang, fille de François de Bourbon, et nièce d'Antoine, roi de Navarre. Elle compte des rois au nombre de ses prédécesseurs; son corps eut tous les avantages de la nature, son âme tous ceux de la grâce; elle sçut accorder les grandeurs du monde avec l'humilité chrétienne. Sa vie fut un continuel exercice de piété envers Dieu et de charité envers les pauvres. Elle vécut 40 ans dans une parfaite amitié conjugale avec M. Charles de Matignon, comte de Torigny, chevalier des ordres du roi et son lieutenant-général en Normandie. Dieu bénit son mariage par la naissance d'une illustre famille et couronna sa vie par une heureuse mort à Torigny, le six juin 1639, âgée de 66 ans. Passant, donnes des prières à celle qui a fait du bien à tout le monde. »

Eglise Notre-Dame du Grand-Vivier. — La troisième église de Torigni dont il nous reste à parler, est celle de Notre-Dame, située près de l'étang appelé le Grand Vivier. Cette église remonte à une époque très ancienne. Il est facile de s'en convaincre en étudiant la structure de ses murs et son architecture. Le portail surtout attire l'attention; il est fâcheux que la tour, bâtie vers 1727, en masque le centre qui devait être fort remarquable. De l'avis des hommes compétents en cette matière, cette tour et la petite porte du midi, remontent à l'époque des invasions normandes. En face de cette petite porte, à la côtière du nord, existait un baptistère ou piscine, en carreau de Caen, qui a été malheureusement dissimulé quand on a restauré l'église.

Non seulement la tour, mais la nef et le chœur sont fort anciens. Il est regrettable que les réparations nécessaires qui ont été faites au XIXe siècle n'aient pas gardé à l'édifice toute sa vieille physionomie. Pourquoi, par exemple, n'avoir pas conservé dans le chœur de l'église, l'inscription en lettres d'or, gravée sur le caveau renfermant le cœur d'un des princes ou princesses de Torigni?

M. le docteur Deschamps, avant les récentes réparations qu'elle a subies, fait de l'église Notre-Dame la description suivante : « Notre-Dame du Grand-Vivier appartient à l'architecture romane primordiale qui, comme on sait, ne fut en usage que du VIe au Xe siècle. Ses murs sont en petit appareil irrégulier; ses fenêtres et ses portes en plein cintre reposant sur des pieds droits en maçonnerie, et ces cintres sont formés d'un seul rang de pierre décoré de quelques moulures. Entre cet arc cintré et la porte, existe un tympan orné d'un bas relief grossièrement sculpté. Ses contreforts sont en maçonnerie avec couronnement en pente et l'on observe à son extrémité, de chaque côté de la tour, des arcatures en plein cintre supportées par des colonnettes appliquées contre la muraille. Le chœur seul est voûté et à plein cintre. L'aire supérieure de la nef, ou plafond, de même que celui des transepts qui ont peu de profondeur, est droit et en bois; le baptistère est un monolithe pédiculé à huit plans et grossièrement taillé. »

Les sépultures que l'on a trouvées dans l'ancien cimetière de la paroisse Notre-Dame, et dont il a été fait mention au commencement de cette Notice, prouvent aussi l'antiquité de l'église dont nous venons de parler.

L'église Notre-Dame était au moyen âge et sous l'ancien régime le chef-lieu du doyenné de Torigni. C'était dans le chœur que se tenaient les conférences. Mais l'évêque avait le droit de choisir le curé de la circonscription qu'il croyait le plus apte à remplir les fonctions de doyen. En 1789, M. le curé du Perron était investi de cette dignité; il avait succédé au curé de Saint-Martin-le-Vieux, près Caumont.

Du XIIe au XIXe siècle, les populations voisines eurent beaucoup de dévotion pour Notre-Dame du Grand-Vivier. Les miracles opérés par l'eau d'une fontaine qui est auprès de l'église, sur le bord de la rue, attiraient un grand nombre de fidèles. On y venait aussi en foule pour se faire enrôler dans la confrérie du Rosaire. Nous avons vu aux archives de Saint-Lô un registre rempli de noms d'associés; ceux des princes et princesses de Matignon figurent à côté des plus humbles de la paroisse et des pays environnants. — Nous verrons plus tard ce que des prêtres zélés et intelligents ont fait pour restaurer dans la paroisse Notre-Dame le culte de la Madone du Grand-Vivier.

Avant la Révolution, la paroisse de Notre-Dame avait une grande importance. Non seulement elle était le chef-lieu du doyenné, le rendez-vous des pèlerins dévoués à Marie, mais elle possédait sur son territoire les deux maisons d'éducation où se rendaient les enfants de la ville, l'Hôtel-Dieu et une abbaye de Bernardins très florissante.

Ses bourgeois eux-mêmes avaient des privilèges dont il a été fait mention plus haut. Appuyés sur ces considérations et d'autres qu'il serait fastidieux de mentionner ici, quelques antiquaires regardent *Notre-Dame* de Torigni comme le point *central et primitif* de la ville.

La cure de Notre-Dame de Torigni fut réunie à celle de Saint-Laurent dans les premiers jours du mois de novembre 1791 et les portes de l'église furent fermées par la municipalité le 12 du même mois.

D'après le rapport des commissaires, Heudeline et Le Pourvoyeur (15 nivôse, 3e année républicaine), les églises de Torigni ne renfermaient pas beaucoup de tableaux de grande valeur. Ils furent déposés dans plusieurs chambres de la Maison commune. « Quelques-uns, écrivaient les commissaires, sont encore frais, d'autres sont usés de vétusté, mais tous sont placés de manière à se conserver dans leur état. Il s'en trouve un cependant dont la peinture est écaillée, ce qui parait provenir de ce qu'on aura lavé la toile pour effacer le mot duc écrit au dos. »

Le cimetière de la ville s'étendait jusqu'en 1776 auprès de l'église Saint-Laurent, mais « les inhumations dans les églises et dans les villes ayant été défendues à partir de cette année, l'administration municipale fit choix pour cimetière d'un terrain situé dans un lieu isolé, peu éloigné de l'hospice et auquel on donna le nom de *Clamart*. Ce champ mortuaire déplut à la population qui refusa d'y laisser inhumer les siens, et des actes déplorables de résistance et de coercition se manifestèrent à ce sujet. La ville se trouva donc divisée en deux camps très hostiles, les membres du baillage et de la haute justice d'une part, et toute la bourgeoisie de l'autre, et l'on ne sait vraiment jusqu'à quel point de désordre les passions surexcitées se seraient laissé emporter, si le prince de Monaco (Honoré III) n'était accouru de Paris et n'avait acheté et fait établir à ses frais le cimetière actuel qui, pour cause de ce triomphe populaire, fut surnommé la Victoire, nom qu'il a conservé en mémoire de cet événement (1). »

3° LES ABBAYES.

Abbaye des Bernardins. — L'abbaye de Notre-Dame de Torigni était de l'ordre de Citeaux et de la filiation de Clairvaux, Richard de Saint-Rémy en fut le fondateur. Ce riche seigneur donna à l'abbaye d'Aunay, vers l'an 1134, les fief, terre et seigneurie de la Boulaie, en la paroisse de Condé-sur-Vire, à condition qu'il y serait établi un monastère composé de quatre religieux.

Robert de Saint-Rémy, fils de Richard, confirma cette donation et en fit de nouvelles sous les mêmes conditions.

Les religieux d'Aunay firent bâtir au pied du côteau de la Boulaie, une maison et une chapelle dont il sera fait mention plus loin. Henry, évêque de Bayeux la bénit et la dédia à saint Nicolas. L'abbaye d'Aunay y envoya quatre religieux en 1190, avec Jean dit de la Boulaie, leur abbé. Le cartulaire de l'abbaye de Torigni s'exprime ainsi : « Abbatia primo posita in loco qui dicitur Boleïa aut Boletum, in confinio parociœ de Condeto super Viram, uno lapide ab ipso Tauriniaco, nobilissimà, antiquà et amena urbe. » Mais soit que le lieu ne fût ni commode ni décent, soit que les revenus fûssent trop modiques, ils n'y restèrent que peu de temps et retournèrent à Aunay dès l'an 1191. Les choses demeurèrent en cet état pendant fort longtemps et ce ne fut qu'en 1307 que l'intention des seigneurs de Saint-Rémi fut pleinement exécutée.

En cette année 1307, Robert Le Fèvre, archidiacre d'Avranches, devint le restaurateur ou plutôt le nouveau fondateur de ce monastère, en donnant par acte du 15 décembre l'emplacement actuel de l'abbaye avec les maisons qu'il y avait. Alors l'abbaye d'Aunay y renvoya quatre religieux avec un abbé, nommé aussi Jean de la Boulaie et leur céda par chartes homologuées aux assises de cette ville, devant le bailli de Caen, tous les biens qui lui avaient été concédés par MM. de Saint-Rémi, père et fils, Robert de Glocester et autres pour fonder une abbaye à la Boulaie.

(1) D. Deschamps, *Notice historique*, etc., p. 134.

Philippe le Bel, roi de France, confirma les donations de Robert
Le Fèvre et se rendit bienfaiteur de cette nouvelle maison en lui
donnant, par des lettres expédiées de Milan au mois d'août 1308,
des dîmes en la paroisse d'Ecrammeville avec les patronages de
cette paroisse et de celle de Notre-Dame de Torigni. Le pape Clément V mit ce monastère sous la garde et invocation de saint
Pierre, en 1310, et Philippe le Long, lui fit quelques donations et
confirma celles de Philippe le Bel, en 1319.

L'abbaye était située au nord et à l'entrée de la ville, sur un
plateau fertile, d'où la vue s'étendait au sud-ouest à plus de deux
lieues. Les constructions, quoique simples, étaient de bon goût :
elles passaient pour les plus commodes de toute celles de l'Ordre.
Les armoiries étaient d'azur, au château d'argent, sommé de trois
tours carrées, aussi d'argent à la face crénelée de gueules, le tout
maçonné de sable.

On remarquait dans l'église de cette abbaye, à la gauche du
chœur, le mausolée de Marie de Craon, épouse d'Herné de Mauny,
baron de Torigni.

Voici la liste des 23 abbés qui gouvernèrent l'abbaye depuis
l'époque de sa fondation jusqu'en 1770...

1. — Jean, dit de la Boulaie, en 1190.
2. — Jean II de la Boulaie, en 1305.
3. — Pierre, 1315-1349. Sous son gouvernement, l'abbaye fut
  ruinée par les soldats d'Edouard III, roi d'Angleterre.
4. — Inconnu, vivant vers l'an 1360.
5. — Id. Id. 1370.
6. — Id. Id. 1380.
7. — Richard, 1386-1408.
8. — Jean, vers 1408.
9. — Nicolas, 1415-1434, fut député par le Concile de Bâle
  pour terminer une contestation entre deux ecclésiastiques au sujet du bénéfice-cure de la paroisse d'Yvetot.
10. — Jean, 1454-1457.
11. — Jean Riant, 1459-1460.
12. — Jean d'Hectot, 1489.
13. — Philippe de la Jouaye, 1496, mourut en 1515.
14. — Jean de Tallevende, abbé en 1514.
15. — Jean Adeline, abbé en 1516, mourut en 1537.

16. — Pierre Adeline, neveu et résignataire du précédent.

17. — Guillaume Baudet, en 1582.

18. — Léonor de Matignon, premier abbbé commandataire, en 1618.

19. — Léonor de Matignon, neveu du précédent, deuxième abbé commendataire.

20. — Germain de la Châtaignerie, troisième abbé commandataire, en 1733.

21. — Jacques Le Fèvre, quatrième abbé commandataire, en 1743.

22. — Pierre Renti de Sulli, cinquième abbé commandataire, en 1745.

23. — Robert Joachim de Nones, sixième et dernier abbé commendataire, en 1770.

En 1793, les quatre derniers religieux furent expulsés de l'abbaye qui fut vendue par l'administration du district de Saint-Lô à Jacques Le Chartier de la Varignière au prix de 26.000 fr. en assignats. Celui-ci voulut la rendre aux religieux qui n'acceptèrent pas cette offre généreuse. Alors M. Le Chartier fit abattre l'église qui menaçait ruine (juin 1791) et bâtir à sa place la jolie résidence qu'on y voit encore aujourd'hui.

A la mort de M. Le Chartier, en 1830, son héritière vendit cette résidence qui venait d'être pendant quelques jours la demeure de Charles X partant pour l'exil, à M. Havin, député de la Manche, qui fit démolir les bâtiments conventuels qu'avait respectés son prédécesseur.

Le 13 novembre 1793, M. Le Chartier reçut dans l'ancienne abbaye des Bernardins, devenu sa propriété, l'état-major de l'armée républicaine commandée par les généraux Sépher et Tilly, sous l'inspection du représentant du peuple Laplanche. Elle venait de **Vire** et se dirigeait sur Cherbourg, avec 24 pièces de canon, 24 caissons et 300 chariots (1).

(1) Le 18 du même mois, une petite armée de 1500 hommes, ayant 2 pièces de canon et 4 caissons arriva de Saint-Lô à Torigni vers 3 heures après-midi. Tous les habitants des campagnes voisines et ceux des cantons de Saint-Jean et de Livry se rendirent aussi à Torigni qui était menacé par les Chouans. Le représentant Laplanche revint le 19 du même mois faire l'inspection de ce petit corps d'armée (Manuscrit de M. Duperron).

Abbayes des Bernardines. — La communauté des Bernardines, établie à Torigni, était de l'ordre et de la filiation de Citeaux. Deux religieuses professes de la maison de Villers-Canivet vinrent s'établir en la paroisse de Saint-Amand à l'ermitage de la Madeleine, le 19 novembre 1630; elles y restèrent pendant dix mois et pratiquèrent leur observance régulière autant que le pouvait permettre la disposition des lieux. Yves de Monthurel qui possédait alors cet ermitage, fut leur premier directeur.

Leurs sentiments de vertu et de religion excitèrent la bienveillance envers elles. Guillaume Le Mière, curé de la paroisse de Notre-Dame de Torigni leur donna le terrain où l'on voit encore aujourd'hui les restes du monastère. A son tour, Léonore d'Orléans, épouse de Charles de Matignon, leur procura la remise du droit d'indemnité et la fondation fut faite à condition que les prieures seraient électives tous les trois ans.

Jacques d'Angennes, évêques de Bayeux, donna son approbation à cet établissement, le 24 février 1632. Les deux religieuses de la Madeleine quittèrent cet ermitage le 28 septembre de la même année et formèrent une communauté dans la maison qui était sur le terrain donné par Guillaume Le Mière. Elles furent ensuite incorporées à l'ordre de Citeaux par l'abbé général Pierre de Nivelle le 18 mars 1632. Le roi approuva et ratifia cet établissement à Chantilly au mois d'août 1634 et les lettres de reconnaissance furent enregistrés au Parlement de Rouen, le 7 juillet 1635. Cette maison où l'on élevait avec succès de jeunes demoiselles, était située à l'entrée de la ville sur la route de Caen. Elle comptait de 12 à 15 religieuses.

Voici les noms des prieures du monastère depuis sa fondation :

1. — Bonne de Mallouët, religieuse de Villers-Canivet et première prieure titulaire, morte le 15 mai 1663.
2. — Geneviève de Flavacourt de Fouïlleuse, religieuse de Gomer-Fontaine, morte en 1668.
3. — Léonore de Matignon, religieuse de Torigni, troisième prieure titulaire, première triennale, gouverna 16 ans, puis fut abbesse du Paraclet d'Amiens et mourut le 14 septembre 1706.
4. — Vincente Varin, religieuse du même couvent, seconde prieure triennale, morte le 5 février 1707.

5. — Léonore Le Gentil, religieuse du même couvent, troisième prieure triennale, gouverna trois ans.

6. — Madeleine Néel, religieuse du même couvent, quatrième prieure triennale, morte le 20 décembre 1719.

7. — Jeanne de Mauroy, religieuse du même couvent, cinquième prieure triennale, gouverna trois ans.

8. — Elisabeth-Eléonore de la Tour d'Auvergne, princesse, religieuse des Clairets (diocèse de Chartres), troisième prieure titulaire, gouverna 20 ans et mourut à l'abbaye de la Blanche, à Mortain, le 2 mai 1746. Ses restes reposent aujourd'hui dans la chapelle de la Congrégation du Petit Séminaire. Sur la pierre tombale on lit cette inscription :

CY GIST IL.^{TRE} ET VER^{SE} PRINCESE ELISABETH
ELEONOR DE LA TOUR DAUVERGNE PRIEURE
TITV^{RE} DE THORIGNY DÉCÉDÉE A LA
BLANCHE, LE 2 MAY 1746, AGÉE DE 81 ANS
PRIEZ POUR SON AME.

9. — Angélique de la Viesville, religieuse de Gomer-Fontaine, quatrième prieure titulaire, morte le 25 avril 1751.

10. — Françoise-Aimée Habel de Claville, religieuse de Torigni, cinquième prieure titulaire. Son nom est mentionné sur une plaque commémorative encastrée dans un bâtiment situé à l'entrée de Torigni (restes de l'ancien couvent), et qui porte ces mots : « L'an de N. S. 1745, fait bâtir par F. Habel de Claville, prieure de ce monastère. »

11. — Sophie le Page, religieuse du même couvent, sixième prieure titulaire.

12. — Flore-Victoire Salbert de Beaujaye, installée le 28 octobre 1778, dernière prieure.

Les religieuses Bernardines quittèrent le monastère de Torigni à la Saint Michel 1792. Leur maison fut vendue par le gouvernement à un apothicaire de la ville.

En 1827, M. l'abbé Marais, prêtre originaire de Virandeville, et qui était demeuré en Angleterre depuis la Révolution comme chapelain d'une communauté de Carmélites, vint à Torigni acheter l'ancien couvent des Bernardins. Secondé par le curé de Torigni, M. Goulhot des Landes, il y installa une communauté de Carmélites; mais des difficultés imprévues le forcèrent bientôt à s'éloigner. Il acheta alors de M. Sivard de Beaulieu, à Valognes, une belle demeure où il logea ses protégées.

L'ancien couvent de Torigni passa à cette époque entre les mains de M. de La Motte d'Annebault; vers 1866, la famille de La Motte le vendit à MM. Havin, Lemeltier et Delamare de Torigni, qui la cédèrent ensuite à la ville pour en faire une écoles de filles.

4° ÉTABLISSEMENTS D'UTILITÉ PUBLIQUE.

Hôtel-Dieu. — L'Hôtel-Dieu de Torigni fut bâti en 1221 par Guy de Châtillon, comte de Saint-Paul, sur un terrain situé devant l'église de Notre-Dame-du-Grand-Vivier. Sa chapelle érigée en prieuré, fut dédiée à Saint-Éloi et desservie par le curé de Notre-Dame. Philippe le Bel lui fit quelques donations par une charte datée de l'an 1300.

Avant les guerres de religion, l'Hôtel-Dieu était si considérable « qu'il s'y faisait des mariages entre ceux qui l'habitaient. » Les draps, les toiles qu'on y fabriquait contribuèrent beaucoup à soutenir le commerce de la ville. — Mais les guerres des huguenots ayant ruiné l'industrie du pays, les bâtiments de l'Hôtel-Dieu furent abandonnés et ne présentèrent bientôt plus qu'un amas de ruines.

François de Matignon, troisième fils de Charles de Matignon et de Léonore d'Orléans, fit construire le principal bâtiment de l'hospice actuel, au fronton duquel apparaissent encore aujourd'hui les initiales F. M. attestant sa noble origine. Plus tard, Jacques III, pour obtenir la dispense de son mariage avec Charlotte sa nièce, ajouta d'autres constructions au bâtiment dont il vient d'être fait mention et dota généreusement ce bel hôpital.

Bâti à l'entrée de la ville près de l'abbaye aux hommes, il était connu sous le nom d'*hôpital Matignon*. Il possédait les revenus de l'ancien Hôtel-Dieu, du prêche du Chefresne, des léproseries et maladreries de Torigni, de Condé-sur-Vire, de Sept-Vents, de Tessy et de la Ferrière-Harang.

La chapelle jouissait du titre de prieuré. Son desservant, présenté par le comte de Torigni, recevait 300 fr. d'honoraires et un logement dans l'hôpital. Dans cette chapelle on voyait avant 1793 les deux épitaphes suivantes :

1° — « Ici gît le cœur de très haute et très puissante dame Marie-Françoise de la Luthumière, veuve de très haut et très puissant seigneur Henri, sire de Matignon, comte de Torigny, lieutenant-général de Normandie. Elle était encore plus recommandable par sa piété et par sa charité que par sa naissance et ses alliances si grandes et si connues. Comme elle aima et assista les pauvres pendant sa vie, elle a voulu que son cœur demeurât avec eux après sa mort. »

2° — « Très haute et très puissante dame Charlotte de Matignon, femme de très haut et très puissant seigneur Jacques sire de Matignon, comte de Torigni, chevalier des Ordres du Roi, lieutenant-général de ses armées et de cette province, a souhaité que son cœur fût avec celui de sa vertueuse mère et il repose ici. — Priez Dieu pour elles ! »

Ces épitaphes furent ôtées le 6 octobre 1792 et les deux cœurs qui étaient derrière furent déposés dans le cimetière de l'hôpital (1).

La chapelle actuelle possède un tableau représentant saint Éloi, qui vient de l'ancien Hôtel-Dieu et le portrait d'un Matignon.

Collège Notre-Dame. — On dit généralement qu'avant la Révolution de 1789, l'instruction était à peu près nulle en France. C'est une erreur, sinon un mensonge, qu'a dévoilée, preuves en en main, notre savant et très distingué compatriote, M. Siméon Luce. « A chaque instant, dit-il (2), il est fait mention d'écoles rurales dans les documents où l'on s'attendrait le moins à trouver des renseignements de ce genre, et l'on ne peut guère douter que pendant les années même les plus agitées du XIVᵉ siècle, la plupart des villages n'aient eu des maîtres enseignant aux enfants la lecture, l'écriture et un peu de calcul. » Au XVIᵉ siècle, il y avait des écoles dans toutes les paroisses de la Manche (3). Beaucoup disparurent à l'époque des guerres de Religion, mais la paix rétablie, les évêques s'empressèrent de réorganiser les écoles et

_____

(1) Nous avons vu plus haut que les corps de Jacques III de Matignon et de son épouse Charlotte reposaient dans la chapelle des Mausolées de l'église Saint-Laurent.

(2) *Vie de Bertrand Duguesclin*, pages 15, 16, 17.

(3) *Annuaire de la Manche 1854*, page 330.

mirent même à la tête d'un grand nombre d'entre elles des curés et des vicaires. Ils encouragèrent les fondations, et de toutes parts s'élevèrent des locaux où l'on dispensait aux enfants l'éducation religieuse et une instruction en rapport avec les besoins des populations.

Les collèges, si nombreux et si florissants au moyen âge, reprirent aussi une partie de leur ancienne prospérité au commencement du XVIIe siècle. S'il fallait porter sur eux un jugement impartial, nous n'hésiterions pas à dire qu'ils l'emportaient sur ceux d'aujourd'hui et par le nombre des élèves et par la somme de travail que fournissaient les étudiants. Le travail y était ardent et chrétien : « Nous étions debout à quatre heures du matin, écrivait un écolier de la Renaissance, et après avoir prié Dieu, nous allions aux études, nos gros livres sous le bras, nos écritoires et nos chandeliers à la main. »

La petite ville de Torigni suivit le grand mouvement intellectuel qui se produisit après les guerres de religion.

En 1595, par contrat passé devant les tabellions de la ville, Raoul Boulogne, curé de Saint-Martin de Caumont, Guillaume Le Bouteiller, curé de Notre-Dame de Torigni et Georges Dajon, tabellion en cette ville, fondèrent une école pour les garçons qui fut nommée collège de Notre-Dame du Grand-Vivier. Elle était située au pied de l'église vers le nord. Le maître était à la nomination du curé et des principaux habitants. Ce collège, où les enfants et les jeunes gens de la ville recevaient une instruction solide et une éducation soignée, ouvrait aussi ses portes aux étrangers. Il était très florissant à la veille de la Révolution.

Petit couvent de Notre-Dame. — Un siècle environ après la fondation du collège, le 12 février 1691, Catherine Chevreuil, établit une école pour les filles, au midi de l'église Notre-Dame, et la dota de trois cents livres de revenu. Par l'acte de donation, la charitable fondatrice obligeait ses compagnes et celles qui leur succéderaient « à vivre toujours ensemble sous la règle de saint Augustin, à tenir les petites écoles pour les filles, à soigner et garder les malades et à leur rendre les derniers devoirs après la mort. » Cette petite communauté rendit de très grands services à la ville, par l'instruction qu'elle donna aux jeunes filles et par le dévouement qu'elle montra pendant plusieurs épidémies qui désolèrent le pays. Après la Révolution, le couvent n'était plus habité que par une sœur infirme.

Cependant les pauvres et les malades de Notre-Dame n'étaient pas délaissés. Les sœurs Bernardines ayant été chassées de leur couvent, sept d'entre elles se réfugièrent dans le quartier Notre-Dame et habitèrent ensemble une maison située près de l'église, qu'elles convertirent en une sorte de couvent placé sous la direction spirituelle de M. l'abbé Delaville. A leur tête était une demoiselle Hébert, née à Vire, et connue en religion sous le nom de sœur Béatrix. Fidèle enfant de saint Bernard, dévouée à Marie, elle unit son zèle à celui de M. Delaville, pour entretenir l'église Notre-Dame et l'empêcher de tomber en ruines. Tous les ans, elle faisait dans la ville une quête dont elle employait le produit à réparer les couvertures et à étayer les vieux murs de sa chère église. Elle mourut en 1820, laissant après elle sa sœur (Dorothée), qui administra longtemps l'hospice de Torigni et trois autres religieuses, la sœur Franke, la sœur Aimée, née Yzabel et la sœur Victoire dont la mémoire fut longtemps conservée dans tout le pays.

CHAPITRE II

Du gouvernement civil

Torigni, sous l'Ancien régime, faisait partie du gouvernement de Basse-Normandie, de la généralité de Caen et de l'élection de de Saint-Lô. Il relevait du parlement de Rouen et du présidial de Caen.

Jusqu'en 1789, il fut le siège d'un bailliage royal, formé des nobles sergenteries de Torigni et de Saint-Clair, en totalité, et de celles de Briquesart et de Cerisy-l'Abbaye, en partie. De plus, la ville des Matignon possédait deux hautes justices. Même antérieurement elle avait été le chef-lieu d'une élection, et le siège d'une vicomté créée en 1636 ; mais Saint-Lô avait hérité de son premier privilège et la vicomté avait été réunie au bailliage par édit du mois d'avril 1749.

M. Deschamps, dans sa *Notice historique sur la ville de Torigni et sur ses Barons féodaux*, a conservé les noms des derniers membres de la magistrature de Torigni, en 1789. Mous les transcrivons ici :

MM.

Aumont, bailli et président.
De La Mézengère, lieutenant-général au criminel.
Le Provost de Saint-Jean, lieutenant-général pour les affaires civiles.
Raould de Langotière, procureur fiscal.
Fleuri de Saint-Ouen, procureur du roi.
De Vaugroult, avocat du roi.
Plouin-Dubreuil, conseiller.
Pain, conseiller.
Le comte de Sainte-Suzanne, conseiller.
Le Brum, greffier.

La sergenterie de Torigni, dépendant des élections de Bayeux et de Saint-Lô contenait 52 paroisses avec quelques extensions de fief dans trois autres. En voici le détail, tel qu'on le trouve dans les *Aveux des 31 janvier 1619 et 26 mai 1647*.

Dans le tableau suivant, les paroisses de l'élection de Saint-Lô sont précédées d'un S, et celles de l'élection de Bayeux d'un B; à la suite est indiqué le nombre des habitants de chaque paroisse.

S	Bérigny	415	S	Pleines-OEuvres	364
»	Beuvrigny	218	B	Placy	322
»	Biéville	216	S	Précorbin	537
»	Brectouville	168	»	Rouxeville	531
»	Bures	333	S	St-Amand-de-Torigni	1030
»	Campeaux	643	»	St-Laurent-de-Torigni	2000
B	Caumont	563	»	St-Symphorien-de-Tori-	
S	Cormolain	830		gni	165
»	Condé-sur-Vire	1749	»	Ste-Suzanne-sur-Vire	373
»	Dampierre	519	»	St-Louet-sur-Vire	393
»	Domjean	990	B	St-Martin-de-la-Besace	930
»	Fournaux	180	»	St-Ouen-de-la-Besace	567
»	Giéville	575	»	St-Jean-des-Essartiers	396
»	Guilberville	1308	»	Sept-Vents	709
»	Lamberville	284	S	Sallent	766
»	La Chapelle-Heusbrocq	117	»	St Germain-d'Elle	467
»	La Chapelle-du-Fest	148	»	St-Georges-d'Elle	685
B	La Ferrière-Harang	658	»	St-Quentin-d'Elle	164
»	La Ferrière-au-Doyen	195	»	St-Jean-des-Baisans	1040
»	Les Loges	268	»	Saint-Ebrémond-de-la-	
S	La Vaquerie	620		Barre-de-Semilly	513
B	Le Fresne	259	»	St-Pierre-de-Semilly	440
»	Litteau	523	B	Vidouville	330
S	La Lande-sur-Drome	85	»	Cahagne, excepté ce	
B	Le Perron	170		qui est au-delà de la	
S	Mallouet-sur-Vire	100		Seulle	1608
B	Montbertrand	473	»	Les Ecroës de la Bazo-	
»	Montrabot	278		que	
»	Montaigu	»	»	Les Ecroës de Foulo-	
S	Notre-Dame de Torigni	1000		gnes	300
»	Notre-Dame d'Elle	200			

La sergenterie de Saint-Clair, tenue de celle de Torigni était, suivant les mêmes aveux, composée des paroisses suivantes :

S	Airel		S	Clouet
»	Cartigny		»	Couvains	702

S	Cerisy-l'Abbaye		S	Saint-Clair	575
»	La Luzerne	140	»	St-André-de-l'Epine	306
»	La Meauffe, en partie	466	»	St-Jean-de-Savigny	371
B	La Chapelle-Ste-Marguerite		»	Une extension de fief dans la paroisse de Mesnil-Rouxelin	219
B	Epiney-Tesson		»	Une partie de Villiers-Fossard	656
»	La Haie-Piquenot				
S	Mont-sur-Airel				
»	Rampan	276			

Ancienne haute justice. — Sur la demande de Jacques de Matignon, le roi Charles IX, en considération des nombreux et importants services rendus à la patrie par ses ancêtres, réunit les baronnies de Torigni et de la Ferrière-Harang, les érigea en comté et créa une haute justice pour les vassaux de ces deux baronnies (septembre 1565).

Cette haute justice comprenait les paroisses suivantes :

Paroisses entières : Notre-Dame et Saint-Laurent de Torigni, Bures, Montbertrand, Dampierre, La Lande-sur-Drome, La Ferrière-Harang, Le Perron, Montaigu, Placy, Parfouru.

Paroisses mixtes : Saint-Amand de Torigni, Saint-Syphorien, Condé-sur-Vire, Saint-Ouen et Saint-Martin-de-la-Besace, Saint-Jean-des-Essartiers, La Vaquerie, Biéville, Carville, La Graverie, Les Loges.

Nouvelle haute justice. — La nouvelle haute justice de Torigni fut érigée en considération de Jacques-François-Eléonor de Matignon, par lettres patentes du 16 septembre 1702. Elle était composée des paroisses suivantes dont huit entières et huit mixtes.

Paroisses entières : Brectouville, Giéville, Domjean, Pleines-OEuvres, Saint-Louet, Guilberville, Cormolain, La Chapelle-du-Fest.

Paroisses mixtes : Saint-Amand de Torigni. Saint-Symphorien, Condé-sur-Vire, Saint-Martin de la-Besace, Saint-Jean-des-Essartiers, La Vaquerie, Biéville, Vidouville.

La *haute justice de Semilly,* composée des paroisses de Saint-Pierre, de Saint-Ebrémond-de-Semilly, de Saint-Georges-d'Elle et d'un quartier de la paroisse de Couvains : — *celle de Couvains,* composé de l'autre quartier, appelé gros quartier de Saint-Jean-de-Savigny, relevait par appel du bailliage de Torigni.

Nous avons déjà dit que Torigni jouissait du droit de bourgeoisie.

CHAPITRE III

Avant le Concordat de 1801, la ville de Torigni était sous la juridiction de l'évêque de Bayeux. Après la nouvelle division ecclésiastique, elle fit partie du diocèse de Coutances. Jusqu'au XIXe siècle, elle fut le siège d'un doyenné rural qui comprenait quarante-neuf paroisses et six chapelles.

Nous donnons leurs noms avec ceux des seigneurs qui nommaient aux bénéfices.

1° Paroisses

Balleroi	} l'abbé d'Aunay.
La Vaquerie	
La Bazoque	l'abbé de Fécamp.
Saint-Germain-d'Elle	} l'abbé du Plessis-Grimoult.
Planquery	
Saint-Jean-de-Baisans	
Précorbin	} l'abbé de Saint-Lô.
La Chapelle-du-Fest	
Guilberville	l'abbé de Montmorel.
Giéville	
Saint-Symphorien	
Placy	
Montaigu	
Le Perron	} le comte de Torigni.
Saint-Amand de Torigni	
Biéville	
Saint-Laurent de Torigni	
Notre-Dame de Torigni	
La Lande-sur-Drome	M. Duboscq de Beaumont.
Montrabot	} l'abbé Lougues.
Vidouville	
Fourneaux	M. de la Gonnivière.
Sainte-Honorine-de-Ducy	M. de Ducy.
Lamberville	M. de Siresme.
Beuvrigny	M. de Saint-Quentin.
Pleines-OEuvres	l'abbé de Savigny.

Domjean	l'abbé du Mont-Saint-Michel.
Condé-sur-Vire	1re portion, l'abbé de Torigni. 2e — le Roi. 3e — le seigneur Dupont.
Saint-Quentin Bérigny	M. de Saint-Quentin.
Bures	le seigneur du lieu et l'abbé de Fontenay alternativement.
Cormolain Montfiguet Le Quesney-Guesnon	le Roi.
Vaubadon	Le Tellier.
La Chapelle-Heusbrocq	M. de Moges.
Rouxeville	1re portion, l'Évêque de Bayeux et l'abbé de Cerisy alternativement. 2e portion, M. Poitrin de la Morinière.
Sainte-Suzanne-sur-Vire	X.
Castillon	X.
Caumont	
Sallen	
Liteau	
Saint-Martin-le-Vieux	
Parfouru-l'Eclain	
Trungy	
Cahagnolles	
Foulognes	
Brectouville	
Saint-Georges-d'Elle	

2° Chapelles

La chapelle de la Malherbière, M. de Siresme.
La chapelle de la léproscrie de Torigni, le comte de Torigni.
La chapelle de la Moignerie, à Guilberville.
La chapelle de la léproserie de Condé-sur-Vire.
La chapelle Saint-Jean, à Foulognes.
La chapelle de la Dime ou de la Vignaie, à Sainte-Honorine-de-Ducy.

CHAPITRE IV

Histoire religieuse de Torigni pendant la Révolution

Paroisse de Notre-Dame de Torigni. — En 1789, la ville de Torigni était le chef-lieu du doyenné, et le doyen était ordinairement le curé de Notre-Dame.

Les revenus de la cure étaient fort modestes, mais les princes de Monaco, aussi généreux que riches, comblaient de largesses les pauvres et les églises de la ville. Les rentes du trésor ou de la fabrique de Notre-Dame, provenant des obits ou fondations, s'élevaient à trois cent soixante-seize livres sept sous.

Une dizaine de prêtres habitués, qu'on nommait obitiers, résidaient dans la paroisse de Notre-Dame. Plusieurs étaient pauvres, mais l'hospitalité généreuse qu'ils recevaient presque journellement chez les plus honorables familles de la localité leur permettait de vivre décemment, sans avoir recours aux aumônes de l'Eglise (1).

En 1772, M. l'abbé Deschamps fut nommé à la cure de Notre-Dame qu'il dirigea jusqu'à sa mort (1793). Ce prêtre vénérable, qui avait le titre de doyen, ne souscrivit pas sans doute au schisme constitutionnel, car on ne trouve aucune preuve de prestation de serment ou de rétractation.

A la mort de M. Deschamps, M. l'abbé de Marguerie, curé assermenté de Saint-Laurent, s'appuyant sur certaines lois émanées de la Constituante, réunit les deux paroisses.

On était alors en pleine Terreur. En Basse-Normandie, comme dans les autres régions de la France, quelques bandes de misérables pillaient et massacraient sans merci. A Notre-Dame de Torigni, on ne signala aucun de ces actes de barbarie et de banditisme alors si communs sur toute la surface de notre territoire.

Quelques meubles de l'église furent vendus aux enchères et achetés par des familles honorables, pour les rendre plus tard au culte. Les ornements et les vases précieux furent enlevés de l'église et transportés à Saint-Laurent. Le sanctuaire de Notre-Dame

(1) Avant la Révolution, le nombre des prêtres et des clercs était considérable : beaucoup demeuraient dans leurs familles, aidaient les prêtres de la paroisse dans les fonctions du saint ministère.

du Grand-Vivier ne fut pas comme celui de Saint-Laurent, souillé par les orgies révolutionnaires, mais on en fit un magasin de fournitures pour la garnison envoyée à Torigni. La croix du cimetière fut respectée et demeura debout. La statue miraculeuse de Notre-Dame échappa aux profanations sacrilèges.

Comme nous l'avons dit plus haut, cette statue était l'objet d'un culte spécial à Torigni et dans une partie considérable de la Basse-Normandie. Les pèlerins qui allaient au Mont-Saint-Michel, passaient par Notre-Dame et souvent y demeuraient plusieurs jours en dévotion. Les habitants de la paroisse, s'empressèrent de soustraire leur statue vénérée aux outrages des bandes révolutionnaires venues de l'extérieur et la cachèrent dans un grenier où elle reçut secrètement les hommages fidèles de ses enfants. Au retour de la paix religieuse, elle reprit sa place dans l'Eglise rendue au culte. Nous verrons bientôt comment la dévotion à Notre-Dame du Grand-Vivier qui s'était affaiblie dans la première partie du XIXᵉ siècle, s'est ravivée de nos jours, grâce aux efforts de prêtres zélés et intelligents.

Comme on le voit, même aux plus mauvais jours de la Révolution, les habitants de Notre-Dame demeurèrent inviolablement attachés à leur foi religieuse. Loin de poursuivre les prêtres, ils leur donnèrent asile, de telle sorte que ceux-ci purent assez librement baptiser, confesser, marier, célébrer le saint sacrifice et et administrer les mourants.

Parmi les familles qui se distinguèrent par leur dévouement à la religion, il faut citer celles de MM. Delalonde, Dohin-Duquesnay, Desportes et Yzabel. Les deux premières familles eurent presque constamment pour hôtes deux courageux confesseurs de la foi, M. l'abbé Jacques Delaville et son frère, le moine François, dit le Pénitent.

M. Jacques Delaville, de Condé-sur-Vire, était vicaire à Notre-Dame, quand la Constituante imposa le serment civique au clergé de France. Il refusa de le prêter et fut persécuté. En 1801, nommé desservant de sa bien-aimée paroisse, il y fit un bien immense. — L'église de Notre-Dame fut rendue au culte par arrêté du préfet, le 21 floréal, an XI. La population accueillit la nouvelle avec enthousiasme. Ceux qui avaient gardé avec un religieux respect les objets sacrés vendus en 1793, s'empressèrent de les rendre au culte, et chaque habitant voulut, par quelque don spontanément offert, rendre à l'église son ancienne beauté.

Paroisse de Saint-Laurent. — Enrichi par les largesses princières des Matignon-Grimaldi, l'ancien baptistère du moyen-âge était devenu la plus belle église de la ville.

En 1789, M. l'abbé Victor-Aimé-François de Marguerie, était curé de Saint-Laurent et de Saint-Amand de Torigni. Surpris par les fausses doctrines de la Constituante (1), le zélé pasteur sous-crivit au schisme. Mais la vérité devait reprendre son empire sur cet esprit sérieux. Au bout de quatre ans, M. de Marguerie fit une retractation solennelle et courageuse de ses erreurs, et il sut si bien en imposer aux révolutionnaires qu'il demeura sans être inquiété au milieu de ses paroissiens. Vers la fin de 1803, M. de Marguerie ne garda que la cure de Saint-Amand où il laissa les plus édifiants souvenirs.

Quinze prêtres au moins, dont plusieurs étaient enfants de la ville, habitaient Torigni en 1789. Quelques-uns se dévouaient à l'éducation des jeunes gens, les autres secondaient M. de Marguerie dans les fonctions du ministère paroissial. Cinq de ces prêtres prêtèrent le serment civique : ce furent MM. Vallée, Deshayes, Véniard, Loisel et Du Ruffey. M. Loisel persévéra dans le schisme et devint curé intrus de Précorbin. Les quatre autres ne tardèrent pas à revenir de leurs erreurs. La rétractation écrite de M. Du

(1) L'abbé Combalot aimait à raconter une anecdote, qui prouve à quel point les difficultés du moment ont pu *atténuer devant Dieu la faute si grave* que commirent les prêtres assermentés. C'était dans le diocèse de Sens, aux environs d'Auxerre, où le zélé missionnaire venait de prêcher la célèbre mission de 1830. Obligé de s'enfuir pour éviter les mauvais traitements annoncés par les libéraux du lieu, M. Combalot dut attendre plusieurs heures le passage de la diligence chez un vieux curé qui l'avait hébergé à la première étape de sa fuite... Or le vieux curé n'avait jamais quitté sa paroisse pendant la Révo-lution. Il avait naturellement prêté tous les serments qu'on lui demanda, et comme l'abbé Combalot lui en témoignait sa surprise scandalisée : « Eh ! répli-qua naïvement le jureur, fallait-il donc, monsieur l'abbé, abandonner ces pauvres gens et les laisser mourir sans sacrements ! » Egayé par l'argument, M. Combalot se complut à interroger le curé sur la façon dont il avait pu exercer son ministère. « Voici, répondit-il. Je réunissais de temps en temps tous mes paroissiens et, pour gagner du temps je leur faisais leur confession : Toi, tu as fait ceci; toi, cela!..... Puis je leur donnais l'absolution à plein panier!..... Et, vous voyez, Monsieur l'abbé, concluait le naïf pasteur, que mes paroissiens ont gardé la foi, ce qui n'est pas arrivé dans les paroisses voisines qui ont été abandonnées. (*L'abbé Combalot*, par Mgr Ricard, chap. I, p. 13).

Ruffey a été conservée, et nous sommes heureux d'en citer les principaux passages.

« Ce que je médite depuis longtemps, je l'exécute aujourd'hui, sept de mai mil sept cent quatre-vingt-quatorze, pour satisfaire à ma conscience et pour la consolation des fidèles..... Respectables prêtres, vous qui, chez l'étranger, gémissez sur nos malheurs et remplissez librement les sublimes fonctions du sacerdoce éternel de Jésus-Christ, que j'approuve le refus que vous fîtes de prêter le serment malignement et artificieusement demandé le six février 1791 ! Que ne puis-je me transporter où vous êtes ! Que j'ai de repentir de ne vous avoir point imités dans votre refus ou dans votre rétractation !....... J'efface, je brûle et j'anéantis, autant qu'il m'est possible, les phrases que j'ai pu insérer dans cinq ou six discours contre votre admirable façon de penser.......

« Je crains Dieu et n'ai point d'autre crainte..... Dussé-je irriter contre moi la fureur et la rage des incrédules, la religion catholique, apostolique et romaine, évidemment démontrée et souverainement aimable, est celle qui est absolument nécessaire pour être sauvé, et c'est aussi celle dans laquelle j'ai toujours vécu et dans laquelle je veux vivre et mourir.......

« Laissez-vous, Seigneur, attendrir par mes larmes et pardonnez à mon erreur. Daignez accorder le même pardon à tous ceux et celles qui m'ont suivi lorsque j'en étais indigne, et que je conjure de m'imiter dans mon repentir, et de s'adresser à des prêtres catholiques.

« Puissions-nous eux et moi mériter un de ces regards miséricordieux que vous laissâtes tomber sur saint Pierre et qui fit couler de ses yeux un torrent de larmes.

Dieu bon, voilà ton ouvrage,
Je te dois mon heureux sort :
Tu m'as tiré d'esclavage,
Et des ombres de la mort.
Par toi sauvé du naufrage,
Je respire dans le port.
Tu pouvais dans ta colère
M'accabler de ta grandeur ;
Au lieu d'un Juge sévère
Et d'un Dieu juste vengeur,
Je ne trouve en toi qu'un Père,
Je n'y trouve qu'un sauveur.

« Signé, Jean-François Lécot du Ruffey, prêtre catholique de Torigny. »

Après leur rétractation M. Du Ruffey et trois de ses compagnons continuèrent de demeurer à Torigni pour instruire les enfants et donnèrent l'exemple de toutes les vertus. M. Véniard se rendit à Paris où il fut nommé aumônier d'un collège.

Les autres prêtres de Torigni demeurèrent fidèles au devoir. C'étaient MM. Lamontagne, Pélerin, Gauthier-Cardonville, Pommier, Du Mesnil, Duval du Perron, Bazire, Carpentier, Bonteautin, Pouchin, les deux frères Dohin de Vienne-Duquesnay et l'abbé Chenu.

MM. Pommier, Lamontagne, Pélerin, Bazire, Carpentier et Pouchin prirent la route de l'exil. La persécution finie, tous rentrèrent en France, à l'exception de M. Pélerin que la mort avait surpris à l'étranger. M. Bazire fut nommé à la cure du Perron, M. Pommier à celle de Notre-Dame-d'Elle; les trois autres devinrent les collaborateurs de M. de Marguerie.

MM. Gautier-Cardonville, Du Mesnil, et Duval-Du Perron ne quittèrent pas Torigni: ils purent, grâce à l'hospitalité dévouée de plusieurs familles dont nous citerons les noms, échapper aux recherches des persécuteurs.

Les abbés Dohin de Vienne n'habitaient pas Torigni pendant la tourmente révolutionnaire. L'un d'eux, curé de Foculville, au diocèse de Rouen, fut arrêté et conduit à Dieppe où il subit avec un courage digne des premiers chrétiens un long et douloureux interrogatoire. Ce saint prêtre eût été massacré au sortir du tribunal sans l'intervention d'un juge de paix chez lequel il se réfugia précipitamment.

Un an après, il fut saisi par une troupe de patriotes et traîné jusqu'à Dieppe, au milieu d'une foule immense qui brandissait des armes, chantait le *Ça ira*, et proférait de terribles menaces. La municipalité voulut prendre le malheureux sous sa protection, mais la populace engagea avec les magistrats et la garde nationale une lutte acharnée. Enfin, M. Dohin, les habits en lambeaux, fut poussé précipitamment dans la prison, et un corps de garde en faction en défendit l'accès. Ce fut du fond de sa prison que M. Dohin écrivit le récit de cette terrible journée (29 avril 1792). Ce récit, de même que les pièces de son interrogatoire, a été longtemps entre les mains d'une fervente chrétienne de Torigni qui l'avait reçu comme souvenir de la famille Dohin. Une copie authentique a été envoyée aux archives de l'évêché de Coutances; c'est à elle que nous devons tous ces détails.

Un seul prêtre de Torigni fut massacré pendant la Terreur : ce fut M. l'abbé Chenu. Des scélérats le mirent à mort sur la route de Torigni à Saint-Lô.

Les habitants de Saint-Laurent ne se contentèrent pas de donner asile aux prêtres de la paroisse, ils reçurent aussi avec empressement les prêtres des paroisses voisines, entre autres MM. François-Vigor Delaville, originaire de Condé-sur-Vire et frère de M. Jacques Delaville, vicaire de Notre-Dame, Lepégoix, curé de Brectouville, Lesoimier, curé de Condé-sur-Vire, Vaultier, curé de Saint-Laurent-du-Mont, Caniu, curé de Saint-Ouen-de-Bandre, Hardèle, Samson, Lemonnier, Foucher et Fontaine.

On trouve dans les archives de la paroisse Saint-Laurent, de nombreux actes de baptême et de mariages signés par les trois premiers de ces prêtres qui montrèrent un zèle plus ardent et s'exposèrent plus hardiment à tous les dangers.

Les familles qui donnèrent le plus souvent asile à ce grand nombre de prêtres furent celles de Launay de la Perrelle, Dohin de Vienne, Pèlerin, Hébert, Fossé, Delalonde et du Mesnil.

Il faut dire, à l'honneur des habitants de Torigni, qu'un très petit nombre d'entre eux prirent part aux orgies révolutionnaires.

Malheureusement ici comme dans toute la France, une poignée de misérables prit la direction du mouvement avec une énergie sauvage, une audace satanique, et les braves gens, c'est-à-dire, la majorité de la France, terrorisés ou pour mieux dire, laissés à eux-mêmes par la divine Providence qui avait à châtier bien des crimes, des lâchetés et des apostasies, se laissèrent tyranniser, massacrer presque sans résistance, tout ressort vital étant brisé, toute volonté anéantie. On eût cru qu'ils se disaient entre eux : laissons passer la justice divine.

Nous savons, de source certaine, qu'à Notre-Dame-de-Torigni quatre ou cinq chefs de famille seulement embrassèrent les idées révolutionnaires.

Le pillage (1) de l'église Saint-Laurent fut l'œuvre de bandes

(1) Mentionnons ici un fait qui se passa, le 2 janvier 1796, dans l'église de Saint-Laurent, enlevée au culte catholique. Ce jour-là les Chouans s'emparèrent de Torigni, après un combat acharné. Les patriotes et la garnison se réfugièrent

organisées qui s'abattaient, dans toute la contrée sur les édifices sacrés, et qui se composaient de quelques misérables de la ville et des environs. Ce furent les commissaires du Gouvernement qui ordonnèrent la violation des sépultures des princes. Quelques membres de la municipalité et des individus à leur solde prirent part seuls à cette honteuse besogne. Nous dirons tout à l'heure les louables efforts tentés par la plus grande partie de la population pour arracher les restes précieux de leurs anciens princes à ces mains sacrilèges.

Ce ne furent pas les habitants de Torigni, mais les soudards de Sépher et de Tilly (1) qui brisèrent les riches mausolées qui se trouvaient dans l'église de Saint-Laurent.

Rappelons ici la belle conduite des citoyens de la ville, à l'occasion de l'enquête faite par les délégués du tribunal révolutionnaire, sur le prince Honoré III, incarcéré à Paris. Réunis dans l'église de Saint-Laurent, ils déclarèrent spontanément que « le prince ne s'était fait connaître à eux que par sa bonté, ses vertus et ses bienfaits. »

Lorsque cette église fut mise au pillage par les bandes dont

dans l'église. Les chouans les y bloquèrent, mais des colonnes mobiles étant arrivées de Saint-Lô, ils furent cernés à leur tour, forcés de lutter à la baïonnette, et finalement mis en déroute avec une perte considérable. (Séguin, cité par M. de la Sicotière dans son excellent ouvrage : « Louis de Frollé et insurrections normandes). »

(1) Sépher, général en chef de l'armée des côtes de Cherbourg, était un ancien bedeau de Saint-Eustache à Paris. « Cet homme, écrivait un historien de la guerre de Vendée, ne savait faire que des stupidités et des vilenies » (Grille). Jean-Bon Saint-André donnait dans les lignes suivantes une triste idée de sa bravoure : « Vous pouvez démêler dans la conduite de Sépher l'oubli de tous les principes, la crainte de se mesurer avec les brigands (Chouans) et peut-être la disposition prochaine à lâcher le pied à leur approche et à donner à des soldats qui sont tous braves, l'exemple d'une fuite honteuse qu'il fera ensuite retomber sur eux! » Suspendu de ses fonctions par arrêté des représentants du 2 décembre, avec injonction de se retirer à vingt lieues des armées et des frontières, ses armes et ses chevaux mis en réquisition pour le service de la République (Arch. de la Guerre) et remplacé par Tilly, il se plaignit amèrement. « Si je n'avais pas apporté à ma place toutes les connaissances d'un César, je pouvais dire au moins que j'y étais entré avec une âme pure et une conscience sans reproche. » (A. Min. de la guerre, 6, 12 déc. 1793). La Société populaire de Caen intervint inutilement en sa faveur. — Tilly, collègue et successeur de Sépher lui était supérieur comme expérience et capacité. Sa naissance et sa modération relative le rendirent suspect.

nous avons parlé, on n'oublia pas d'ouvrir les tombeaux des sires de Matignon.

Il se passa alors un fait extraordinaire. Nous en reproduisons le récit tel qu'il est consigné dans un document conservé aux archives diocésaines. « Quand les dévastateurs vinrent à ouvrir le cercueil où avait été mis le corps de Mgr de Matignon, évêque de Lisieux (1), ils retrouvèrent, non plus comme dans les autres tombeaux, des ossements et de la poussière, mais un corps intact d'où s'exhalait un parfum délicieux. Les vêtements épiscopaux avaient conservé leur fraîcheur et tout leur lustre, les traits du saint évêque n'étaient pas altérés (il était ressemblant au portrait que l'on conserve encore au château).

Les profanateurs ne furent pas arrêtés par ce prodige; ils ôtèrent du cercueil le corps de l'évêque; ils le transportèrent hors de l'église avec les ossements trouvés dans les autres tombeaux de la famille. Un grand nombre de personnes, témoins d'une pareille profanation, eurent la hardiesse de s'emparer d'une partie des dépouilles du saint évêque, espérant bien pouvoir conserver ces reliques précieuses. Les audacieux profanateurs empêchèrent les assistants de se saisir de ces dépouilles si vénérables. Ils voulurent jeter sans retard dans une fosse creusée à l'avance tous ces restes qu'ils venaient d'arracher à leur paisible sépulture. Comme le corps de Mgr de Matignon ne tombait pas dans la fosse trop étroite qu'on venait de creuser, un des profanateurs osa frapper du pied le corps de l'évêque en disant : « Si tu as quelque vertu, donnes-nous en la preuve. » Cette parole ne fut pas si tôt prononcée que la jambe de cet impie demeura paralysée. Jamais ce malheureux n'obtint sa guérison. Il a vécu bien années après ce terrible châtiment dont Dieu l'avait frappé et tous les vieillards de Saint-Laurent se souviennent encore de l'avoir vu.

Les autres profanateurs, que ce prodige avaient irrités de plus en plus, menacèrent d'une manière effrayante tous ceux qui avaient osé emporter quelques reliques de Mgr de Matignon. Malgré toutes ces menaces, on s'empara des linges, d'une pièce de soie qui enveloppait le corps, de la paille même qui se trouvait au fond du cercueil et plusieurs personnes conservent encore

(1) Léonor Ier.

aujourd'hui (1866) ces dépouilles comme de précieuses reliques. On ne sait en quel lieu fut déposé le corps du saint évêque. »

Il nous reste à parler de la conduite des religieux et des religieuses de Saint-Bernard, pendant la période révolutionnaire.

Nous avons dit précédemment que l'abbaye des Bernardins de Torigni ne comptait plus que quatre religieux en 1789 : le Père Pisigard, supérieur, le Père Venant, le Père Chaillot et un autre dont le nom n'a pas été conservé. Ces religieux, disposant de nombreux revenus, étaient tombés dans le relâchement et menaient une vie peu régulière. Deux même contractèrent mariage et vécurent méprisés. Cette appréciation ne saurait jeter le discrédit sur notre sainte religion qui fit si grande figure pendant la terrible persécution du siècle dernier. Une famille religieuse qui, comme l'Église catholique, présente au monde des millions d'enfants martyrs, peut regarder en face les adversaires qui lui objectent les défaillances de quelques malheureux égarés.

Une seule des religieuses Bernardines oublia ses devoirs; les autres se retirèrent dans une maison du quartier Notre-Dame où elles s'appliquèrent sans relâche au service de Dieu, des jeunes enfants et des pauvres malades.

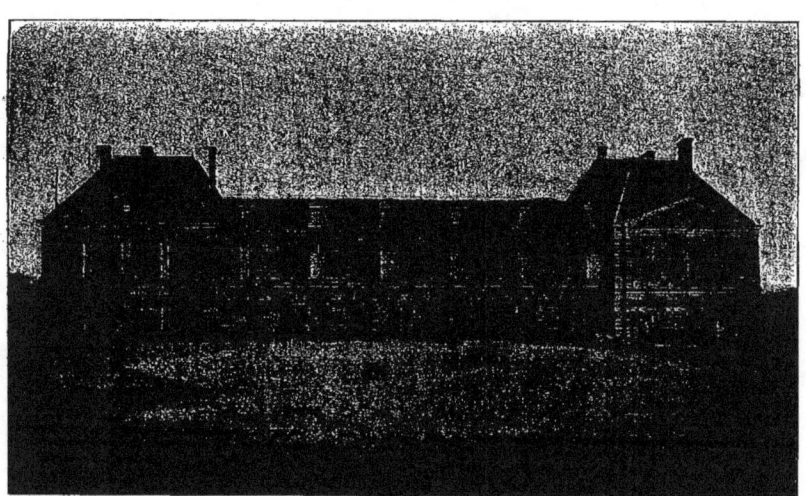

CHATEAU DE TORIGNY EN 1897

—

QUATRIÈME PARTIE

CE QUI RESTE DES SPLENDEURS DE TORIGNI

En 1789, Torigni passait pour la plus belle résidence seigneuriale de la Basse-Normandie. Son château était, disait-on, une charmante réduction du palais de Versailles : ses princes, alliés des rois, faisaient grande figure parmi la noblesse de France, et les fêtes quasi royales qu'ils donnaient à leur petite Cour et aux illustres étrangers qu'une brillante et chaleureuse hospitalité invitait chaque jour à venir plus nombreux, avaient leur retentissement dans toute la province et jusqu'à la capitale. N'avait-on pas vu même un grand et infortuné monarque, Jacques II d'Angleterre, demander provisoirement un asile aux sires de Matignon ?

Mais la Révolution avait étendu son impitoyable main sur toutes ces splendeurs. Le maître, Honoré III, dont le souvenir était pourtant si vivant dans le cœur de tous ceux qui l'avaient connu, souffrait et mourait dans une prison de Paris ; ses biens, ses richesses étaient confisqués. Plus tard, une bande d'exploiteurs dispersait aux quatre coins du pays, pour un peu d'argent, ces belles pierres de granit, ces tableaux de maîtres, ces merveilles d'art que les Matignon, amis du beau, avaient mis presque deux siècles à entasser dans leur superbe et vaste domaine. Des esprits sages et discrets disent que toutes ces splendeurs n'avaient pas toujours favorisé l'austérité chrétienne et se ternissaient au passage d'un souffle expiatoire. Quoiqu'il en soit, un peu de temps encore, et les vestiges de tant de grandeurs allaient disparaître. Mais un homme de bien, qui, aux plus mauvais jours de la Terreur, avait rendu à son pays les plus importants services, voulut conserver à Torigni quelques souvenirs dignes de son antique prospérité. M. Le Chartier de la Varignière, maire de la commune, acheta, pour en faire un Hôtel de Ville, ce qui

7

restait de la somptueuse résidence des Matignon-Grimaldi et fit reconstruire, sur le modèle du pavillon de l'Ouest, celui de l'Est qui avait été démoli (1).

Depuis, la municipalité de Torigni a fait restaurer quelques parties de l'ancien château, entre autres la grande galerie, mais que de pièces encore, présentant de réelles beautés exigeraient des soins intelligents et considérables!

Nous laisserons un charmant écrivain, M. Lucien Degron, nous faire part dans ses « Trois jours au Bocage normand » des impressions qu'il ressentit de son séjour à Torigni, au printemps de 1893. « Avant la chute du jour nous voulons jeter un premier coup d'œil sur ce nouveau port où nous avons jeté l'ancre et qu'on appelle Torigny-sur-Vire. On peut dire que Torigny c'est le château ou ce qui reste du château des sires de Matignon....... De ce château exproprié par la Révolution, nous ne voyons plus qu'un tiers (aujourd'hui l'Hôtel de Ville). Devant l'édifice encore debout s'étend une place spacieuse plantée sur les côtés de plusieurs rangées de tilleuls.

« Ce qui reste du château présente encore un aspect imposant presque tout en façade sur la place. C'est une longue galerie à deux étages que terminent deux pavillons, un à chaque extrémité, ce qui donne à cette partie encore debout l'aspect d'un tout régulier. De l'alternance du granit rougi par le temps avec la pierre blanche ou grisâtre, de la hauteur des étages et des fenêtres, surtout des pavillons, résulte un caractère de grandeur qui permet d'induire ce que pouvait être l'édifice tout entier. Le serviteur des Valois s'était construit une demeure digne de celles de ses maîtres et l'on voyait à Torigny un reflet de Blois, du Louvre et des Tuileries.

« De merveilleux jardins ou parcs renfermant un immense étang entouraient le château. De toutes ces splendeurs il reste la galerie (2) et les pavillons dont nous avons parlé. Cinq gendarmes habitent le pavillon de l'est..... Le concierge de la mairie est logé dans le pavillon de l'ouest. La route nationale de Saint-Lô à Vire

(1) M. Havin, l'un des successeurs de M. Le Chartier, a aussi contribué pour une grande part à la restauration du château.

(2) M. Degron critique avec raison les apothéoses du plafond et tous ces amours, satyres, faunes, nymphes, qui les encadrent (toute une débauche de nudités).

a pris la place qu'occupait le principal corps de bâtiments et coupé les parcs et les jardins en resserrant l'étang. Tout diminué qu'il est, cet étang est encore considérable. De belles promenades circulent tout autour ombragées d'arbres séculaires.

« Tout cela nous apparaissait triste et désert à cette heure, alors que le soleil achevait de disparaître derrière les côteaux qui ferment à l'ouest la vallée de la Vire. Au bord de cet étang qui vit des fêtes de nuit dignes de Venise et des curées aux flambeaux dignes de Saint-Germain, quelques lavandières attardées frappaient du battoir sur leur linge et un ou deux pêcheurs jetaient l'épervier. C'était une sorte de petit Versailles délabré et délaissé que nous avions sous les yeux.

« *Sunt lacrymæ rerum et mentem mortalia tangunt.* Nous rentrâmes, ayant au cœur cette impression de vague tristesse qu'y met le sentiment de l'instabilité des grandeurs humaines. »

Prenant en main la description de l'ancien château et de ses alentours que nous avons faite dans le chapitre premier de la troisième partie de cet ouvrage, et jetant aujourd'hui un coup d'œil sur la petite ville actuelle de Torigni nous pouvons constater les changements profonds qu'elle a subis depuis le commencement du siècle. Il ne reste qu'un tiers du château : la plupart des communs ont disparu ou sont devenus des maisons privées. Les belles cascades et les jets d'eau « qui ne se taisaient ni jour ni nuit » ne font plus entendre leurs monotones murmures : les fossés en pierre sèche ont été comblés ou ont servi de lit à des rues et à une route nationale. Le grand étang a été resserré par la chaussée de Vire à Saint-Lô; le parc a disparu avec ses hautes futaies, ses magnifiques avenues, ses jardins féeriques, ses pelouses, ses statues, ses vide-bouteilles; et les huttes provisoires des bûcherons, des charbonniers et de la bande des exploiteurs qui l'ont dévasté, ont donné naissance au petit faubourg de Torigni qu'on appelle « Le Champêtre ».

Les murs qui entouraient le parc ont disparu, à l'exception de la partie qui longe le grand étang et de quelques pans épars çà et là. Le jardin neuf « dessiné en beaux compartiments ornés de gazon et d'arbustes (1) » et descendant en pente douce jusqu'aux bords

(1) Docteur Deschamps : « Torigni-sur-Vire et ses barons féodaux. »

du petit étang qui porte son nom, est aujourd'hui planté de pommiers.

De l'orangerie dont les belles pierres de granit vert tentèrent la cupidité des spéculateurs, il ne reste que le terre-plein et quelques bâtiments secondaires. Au-dessus d'une porte d'entrée on lit encore cette inscription : « Hic nulli nisi vocati » (1). On voit aussi la fontaine dont les eaux limpides et abondantes donnaient la vie et la fraîcheur à tant de plantes et d'arbustes recherchés. Les orangers, au nombre de plus de deux cents, ont été détruits et vendus ; plusieurs personnes nous ont affirmé en avoir vu deux à Caen qui provenaient de Torigni et avaient atteint une taille extraordinaire.

La cour aux Canons a toujours son enceinte de pierres, mais nous l'avons déjà dit, les grosses pièces d'artillerie qui en faisaient l'ornement, ont fait place aux pacifiques pommiers de Normandie. Les superbes balustres en granit, comme ceux qui entouraient le terre-plein de l'orangerie, ornent aujourd'hui les places des Beaux-Regards, de la Préfecture et du Champ de Mars à Saint-Lô, et les cours de quelques riches maisons de Torigni.

Les autres monuments ou établissements d'utilité publique de l'ancien Torigni n'ont pas subi un meilleur sort que le château et ses dépendances.

Il ne reste rien de l'abbaye des Bernardins. Quand M. Léonor Havin, maire de Torigni, député de l'arrondissement de Saint-Lô et directeur du journal « Le Siècle, » acheta des héritiers de M. Le Chartier de la Varignière l'ancien domaine des moines de l'ordre de Citeaux, il fit démolir les bâtiments conventuels que son prédécesseur avait respectés. La nouvelle demeure, très somptueuse, fut souvent alors le rendez-vous d'hommes politiques et de journalistes parisiens. Aujourd'hui elle appartient à un riche commerçant de la ville. Ainsi en un seul siècle, ancien régime, bourgeoisie, démocratie ont marqué successivement de leur empreinte ce petit coin de Basse-Normandie.

L'ancien hospice, situé en face du château de la Varignière, a été conservé et même agrandi. Il est desservi actuellement par les Dames si dévouées du Sacré-Cœur de Coutances qui dirigent en même temps un ouvroir pour les jeunes filles. Le fronton du bâtiment porte toujours les initiales (F.M.) du Matignon qui le fit élever.

(1) « Que personne n'entre ici, sans y être invité. »

Le couvent des Bernardines existe encore en partie et sert maintenant d'école communale aux petites filles. La chapelle, rendue au culte pendant la restauration de l'église Saint-Laurent, est redevenue un vulgaire magasin que la ville loue à des particuliers. Dans les autres bâtiments on remarque surtout, au premier étage, un vaste corridor qui servait de promenoir aux religieuses.

Le collège et le couvent de Notre-Dame ont été convertis en demeures particulières.

Les églises de Torigni ont subi d'importantes modifications.

Celle de Saint-Laurent, de simple chapelle baptismale était devenue la principale des églises paroissiales. Le sanctuaire, d'une architecture gothique un peu bâtarde, ne remonte qu'au commencement du XVIIe siècle : c'était autrefois la chapelle des Mausolées dont nous avons fait précédemment la description et dont la crypte existe encore. Le chœur et les chapelles remontaient au XIVe siècle; la nef et les fenêtres geminées sont du XIIIe. Primitivement la vieille tour était surmontée d'une belle flèche gothique qui fut foudroyée au commencement de ce siècle. Quelques années après, elle fut remplacée par un dôme beaucoup trop lourd qui a lui-même disparu.

Lorsque M. l'abbé Adon Leroy (1), aujourd'hui chanoine titulaire de la cathédrale de Coutances, fut nommé curé-doyen de Saint-Laurent, il conçut le projet de restaurer son église dont les vieilles chapelles, le dôme et la voûte menaçaient ruine. Malgré des difficultés de toutes sortes, son dessein est à l'heure actuelle presque entièrement réalisé. La voûte s'est élevée gracieuse et hardie; la chapelle du nord consacrée à Notre-Dame de Lourdes et celle du midi (l'ancienne chapelle dite du château), dédiée au Sacré-Cœur, ont été reconstruites dans le style du XIVe siècle. On y remarque de beaux autels dûs à l'habile ciseau de M. Jacquier, de Caen, et des verrières où sont reproduits les principaux épisodes de l'histoire de Notre-Dame de Lourdes. La nef, le chœur et le

(1) Liste des curés de Saint-Laurent de Torigni depuis le Concordat :

M. Goulhot de Maupas	1803-1823	M. Moulin	1865-1866
M. Goulhot des Landes, frère du précédent	1823-1834	M. Dubois	1866-1867
		M. Daniel	1868-1870
M. Auteserre	1834-1851	M. Leroy	1870-1896
M. Mahier	1852-1865	M. Letondeur	1896.

sanctuaire ont été restaurés avec goût et les belles fenêtres geminées du xiii⁰ siècle ont reçu de vitraux. Nous espérons que bientôt
une flèche élégante couronnera l'édifice.

Nous avons dit précédemment que M. de Marguerie avait annexé
au début de la Révolution la paroisse de Notre-Dame à la cure de
Saint-Laurent, et avait été remplacé après la Terreur par
M. Goulhot de Maupas. En 1801, la paroisse Notre-Dame reprit
son indépendance et eut pour desservant l'ancien vicaire, M. Delaville dont tout le pays admirait le zèle et la piété. Mais en 1802,
M. de Maupas réunit de nouveau les deux paroisses et cet état de
choses dura jusqu'au 1ᵉʳ août 1865. Alors M. l'abbé Darondel,
vicaire de Lessay, fut appelé par l'autorité religieuse à remplir les
fonctions curiales à Notre-Dame du Grand-Vivier.

L'église était dans un état de délabrement qui faisait peine à
voir. L'éloge funèbre de M. Darondel témoigne de tout ce que fit
ce digne prêtre pour restaurer un édifice qui avait provoqué
autrefois l'admiration d'architectes habiles. « Ni solidité, ni beauté
dans ces murs qui montraient au visiteur leurs larges crevasses
s'agrandissant chaque jour. L'intérieur de l'édifice sacré ne pré-
sentait aucun objet sur lequel l'œil pût se reposer avec plaisir.
Pendant vingt années de pastorat (1865-1886), M. Darondel sut
tout transformer. Les murailles délabrées qui menaçaient d'écraser
les pieux fidèles sous leurs ruines, ont été relevées. Le jour arrive
à plein par ces fenêtres, ornées de vitraux élégants; la nef, le
chœur, le sanctuaire sont pavés en dalles de Fontenay; de gracieux autels en pierre de Caen décorent les chapelles latérales.
Le sanctuaire possède aussi son autel de pierre sculpté et habile-
ment fouillé..... »

Son successeur a continué cette œuvre importante et s'est
occupé surtout de raviver le culte autrefois si florissant de Notre-
Dame du Grand-Vivier. L'antique statue, objet de la vénération
des fidèles, avait été cachée avec soin pendant les mauvais jours
de la Terreur et replacée plus tard dans l'église. En 1865,
M. Darondel qui avait une grande dévotion à Marie, songea à
restaurer l'ancien pèlerinage et donna un commencement d'exécution à son projet en plaçant la Madone vénérée dans une niche
située au nord de l'église, sur l'emplacement de l'ancienne tour.

Plus tard, le nouveau curé, M. l'abbé Cochard, lui donna une
place d'honneur dans l'intérieur de l'église, où il serait plus facile

aux fidèles de la prier. Il y avait une espace libre en face de la chaire : on y fit dresser un trône de pierre blanche de Falaise, dû au ciseau de M. Guillot, sculpteur à Bayeux, et l'antique madone réapparut gracieusement restaurée, aux descendants de ceux qui l'avaient soustraite autrefois aux fureurs de quelques révolutionnaires. Puisse-t-elle comme avant 1789, attirer encore autour d'elle des foules nombreuses et étendre toujours sa main bénissante sur ce beau coin de la Basse-Normandie si riche en souvenirs glorieux.

PERSONNAGES ILLUSTRES NÉS A TORIGNI
EN DEHORS DE LA NOBLE FAMILLE DES MATIGNON

1° ROBERT DE TORIGNI

Robert de Torigni, appelé aussi Robert du Mont, entra en 1128, à l'abbaye du Bec-Herluin dont Lanfranc et saint Anselme avaient fait un foyer de science et de piété. Robert, doué des plus heureuses dispositions intellectuelles, fit de rapides progrès dans les connaissances divines et humaines. Un historien anglais, Henri, archidiacre d'Huntington, qui le vit en 1139, le représente comme « un ardent chercheur de livres, dont il avait fait une bonne provision — *virum tam divinorum quam sæcularium librorum inquisitorem et conservatorem studiosissimum.* » Ses vertus le mirent si bien en relief qu'on lui confia la charge de prieur claustral.

En 1154, il dut quitter sa chère abbaye du Bec pour aller remplir au Mont-Saint-Michel les fonctions d'abbé. Il y acquit bientôt une telle réputation que les prélats de Normandie, une foule de grands personnages, les rois de France et d'Angleterre regardèrent comme un honneur de le visiter et de s'entretenir avec lui. La reine d'Angleterre, Éléonore, étant accouchée d'une fille à Domfront, en l'an 1162, désigna l'abbé du Mont-Saint-Michel pour tenir l'enfant royale sur les fonts baptismaux. Un an auparavant, le duc de Normandie lui avait confié, dans des

circonstances difficiles, la garde de l'important château de
Pontorson (1).

Robert mourut au Mont-Saint-Michel le 23 juin de l'an 1186.
Après avoir administré l'abbaye pendant 32 ans. Etienne, évêque
de Rennes, qui vivait dans le même temps lui adressa en vers un
éloge magnifique. Son cercueil fut retrouvé en 1876, sous la
grande plate-forme N.-O., par l'architecte Corroyer.

L'OEuvre de Robert de Torigni fut immense. Il laissait des
travaux théologiques, littéraires, scientifiques et architectoniques
d'une importance considérable. D'après une histoire manuscrite
du Mont-Saint-Michel, on voyait autrefois dans une tour de
l'abbaye dont la ruine a entraîné celle des trésors intellectuels
qu'elle abritait, 140 volumes sortis de la plume de l'illustre abbé.

Ceux qui subsistent sont presque tous historiques. Nous nous
contentons d'en donner la nomenclature :

1º *Gesta Henrici I regis Anglorum : Histoire de Henri Ier,
roi d'Angleterre.* C'est la continuation de l'*Histoire des ducs de
Normandie,* par Guillaume de Jumièges.

2º *Roberti de Monte chronicon, sive Appendix ad Sigebertum :
Chronique de Robert du Mont, ou appendix à la chronique de Sige-
bert.* Cet ouvrage a encore pour but de célébrer, comme le
précédent, le règne de Henri Ier. Cependant il renferme le récit
d'une foule d'évènements appartenant à l'histoire universelle.

3º *Epistola Roberti monachi Beccensis ad Gerrasium priorem
Sancti-Serenici. — Lettre de Robert, moine du Bec, à Gervais,
prieur de Saint-Cénéré,* au Maine. Dans cettre lettre, Robert trace
au prieur le plan d'un ouvrage qui doit contenir la description des
évènements qui sont arrivés en Normandie depuis la mort de
Henri Ier (1135) jusqu'à celle de Geoffroy de Plantagenèt, comte
d'Anjou qui enleva le trône à Étienne de Blois, c'est-à-dire,
jusqu'en 1151.

4º *Tractatus de immutatione ordinis monachorum. De abbatibus
et abbatiis Normannorum et œdificatoribus earum : Traités des nouveaux ordres monastiques. Des abbés et des abbayes de Normandie :
constructeurs de ces abbayes.* Cet ouvrage, composé en 1154 est
divisé en deux parties. Dans la première, l'auteur décrit l'origine
des nouveaux ordres religieux qui furent établis de son temps;

(1) *Histoire littéraire de la France,* t. xiv, p. 362, etc...

dans la seconde, il ne parle que des monastères de Normandie appartenant à l'ordre de saint Benoît, qui, avant les nouvelles créations, était le seul connu en France (1).

5° *Historia monasterii sancti Michaelis de Monte : Histoire du monastère de Saint-Michel du Mont.*

6° *Prologus Roberti de Torinneio in abbreviationem expositionis epistolarum Apostoli, secundùm Augustinum : Prologue de Robert de Torigni, sur l'abrégé de l'exposition des épîtres de saint Paul, selon saint Augustin.*

L'illustre abbé, qui composa tant de beaux écrits, ne dédaignait pas de jouer le rôle de copiste, comme les plus humbles moines. Mais il n'agissait pas en « copiste ordinaire qui n'a que le talent de bien peindre, mais en habile critique qui savait corriger le texte vicié des auteurs originaux. » La bibliothèque qu'il forma était l'une des plus nombreuses et des mieux conditionnées de l'époque.

Robert de Torigni ne fut pas seulement un écrivain remarquable, un érudit, il se révéla aussi grand constructeur, administrateur habile. Sous son gouvernement de 32 années, l'abbaye subit d'importantes modifications. L'hôtellerie et l'infirmerie, transformées en dortoir, furent reportées au midi de l'église romane et isolées des autres bâtiments. Un corps de constructions s'étendit à l'ouest, et deux tours, reliées par un porche, s'élevèrent en avant de la façade romane. Dès l'an 1156, Robert avait érigé dans la crypte du nord ou de l'aquilon, un autel en l'honneur de la vierge Marie.

L'état florissant de l'abbaye, le renom de science et de vertu de l'illustre abbé attirèrent autour de lui plusieurs personnages remarquables. Le nombre de religieux s'éleva de quarante à soixante. Aussi l'époque de Robert de Torigni est-elle regardée à juste titre comme l'une des plus brillantes de l'histoire du Mont-Saint-Michel.

2° François de Callières (1645-1717)

François de Callières (2), né à Torigni, le 14 mai 1645 était

---

(1) *Histoire littéraire de la France*, t. XIV, p. 372...

(2) On a écrit encore : Cailhères, Caillière, Caillières, Caillères. Mais l'ortho-

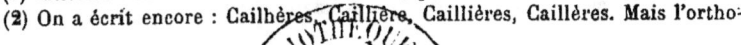

fils de Jacques dont la famille était originaire de l'ouest de la France, probablement de la Saintonge, et de Madeleine Potier de Courcy. Cette noble dame dont les ancêtres habitaient près de Coutances, était douée de grandes qualités physiques et morales. Son mari, Jacques de Callières, maréchal de bataille des armées du roi, s'était attaché de bonne heure aux maisons d'Orléans-Longueville et Matignon qui lui procurèrent le gouvernement de Cherbourg où il résida de 1644 à 1662. A une bravoure chevaleresque, le maréchal joignait les qualités de l'historien. Il écrivit et publia en 1661, la vie de son illustre ami, le maréchal de Matignon. Le naturel du récit, l'enchaînement des faits, la profondeur des réflexions morales, l'élégance et la noblesse du style, font de cet ouvrage historique l'un des plus remarquables de l'époque. On a encore de lui la *Vie du Courtisan prédestiné ou du duc de Joyeuse, capucin, (1662); La Fortune des gens de qualité* et une *Lettre héroïque écrite à Madame de Longueville sur le retour de Monsieur le Prince (1650).*

Les grands mérites du père servirent de fondements à la fortune du fils. François de Callières, fut attaché comme son père à la maison d'Orléans-Longueville alliées aux Matignon. Héritier par sa mère de cet esprit normand, fin et délié, propre à démêler les affaires les plus compliquées, François entra de plein pied dans les voies obscures et tortueuses de la diplomatie. A vingt-cinq ans, il fut employé aux négociations qui avaient pour but de faire élire le duc d'Orléans-Longueville, roi de Pologne. L'affaire allait aboutir, quand le prince fut tué au passage du Rhin, en 1672. Plus tard, François se rendit en Hollande et fut l'un des trois plénipotentiaires de la France au traité de Ryswick (1697). Les

graphe que nous avons adoptée est celle usitée par les représentants actuels de la famille. — M. le marquis de Callières, demeurant à Clérac, étant mort, les derniers représentants du nom de Callières sont les deux petit-fils de Mme la comtesse de Callières, de Sainte-Foy-la-Grande (Gironde).

Plusieurs auteurs faisaient naître François de Callières à Cherbourg. Un amateur des recherches historiques, auquel nous devons de précieux renseignements a retrouvé en 1893 l'acte de baptême de ce noble personnage, que nous transcrivons ici :

« François, fils de Mr de Caillières et de Melle N... sa femme a été ba(ptisé) en l'Eglise de Saint-Laurent de Th(origny) par Mre Barnabé du pont prêtre et curé du dit lieu et nommé par Monseigneur le comte de Thori(gny) à l'assistance de Madame la comtesse du (dit lieu) le quatorz^e jour du mois de (mai) 1645. »

belles qualités qu'il déploya dans cette circonstance lui valurent la charge si recherchée de secrétaire du cabinet du Roi, et des biens considérables. En 1689, il remplaça à l'Académie française Philippe Quinault et prononça plusieurs discours fort remarquables conservés dans les recueils de cette illustre société. François de Callières mourut à Paris le 15 mai 1717. Son corps repose dans l'église de Saint-Eustache (1).

Plusieurs ouvrages, quelques-uns en vers, sont sortis de sa plume, entre autres :

Des mots à la mode et des nouvelles façons de parler, suivi *Du bon et du mauvais usage dans les manières de s'exprimer,* etc... (1692).

De la science du monde et des connaissances utiles à la conduite de la vie (1717).

De la manière de négocier avec les Souverains, de l'utilité des négociations, du choix des Ambassadeurs et des qualités nécessaires pour réussir dans ces emplois. (1716).

Panégyrique historique de Louis XIV. (1688).

Epître au roi en vers français. (Vers la même époque).

3° JOACHIM LE GRAND (1653-1733)

Joachim Le Grand, prieur de Neuville-les-Dames et de Pressevin, naquit à Torigni, le 6 février 1653, de Gilles Le Grand et de Marie Violet. Entré chez les Oratoriens en 1671, il quitta cette congrégation 5 ans après, remplit les fonctions de précepteur dans plusieurs nobles familles et devint, en 1692, secrétaire d'ambassade de l'abbé d'Estrées en Portugal; à la fin de 1702, il suivit son maître en Espagne. Deux ans plus tard, l'abbé Le Grand revint à Paris et fut nommé secrétaire des ducs et pairs de France. Le marquis de Torcy, bon juge en matière de diplomatie, avait conçu pour lui une singulière estime; il lui confia le secrétariat des affaires étrangères. L'abbé Le Grand mourut à Paris, en 1733, à l'âge de 80 ans.

---

(1) François de Callières eut un frère, né à Cherbourg, Hector, plus connu dans l'*Histoire* sous le nom de *chevalier de Callières* qui se distingua en Amérique, et fut successivement gouverneur de Montréal et de la Nouvelle-France. Il mourut à Québec en 1703, laissant après lui la réputation d'un vaillant soldat et d'un habile administrateur.

D'une vaste érudition, d'une sagacité admirable, d'un sens droit et solide, connaissant à fond les questions de droit public, habile à juger les hommes et les choses, calme et fin comme un Normand de vieille roche, l'abbé Le Grand prit part à toutes les affaires importantes qui remplirent les dix dernières années du règne de Louis XIV. Il avait beaucoup d'amis à la cour : son aménité naturelle, sa loyauté (chose rare chez les diplomates), sa conversation pleine des souvenirs de ses voyages à travers l'Europe, lui gagnaient les sympathies des plus illustres personnages.

L'abbé Le Grand a laissé plusieurs ouvrages dont quelques uns d'une grande valeur. Voici les titres des principaux :

Histoire de l'Isle de Ceylan, du capitaine Jean de Ribeyro, 1701, in-12.

Cet ouvrage n'est pas une simple traduction : Le Grand y ajouta plusieurs chapitres extraits de manuscrits mis à sa disposition par le marquis de Fonte, le comte de Riceyra, etc.

Mémoires touchant la succession de la couronne d'Espagne, 1711, in-8.

Réflexions sur la lettre à un milord sur la nécessité et la justice de l'entière restitution de la monarchie d'Espagne, 1711, in-8º.

Discours sur ce qui s'est passé dans l'Empire au sujet de la succession d'Espagne, 1711, in-4º.

L'Allemagne menacée d'être réduite bientôt en monarchie absolue, 1711, in-4º.

En 1728, l'abbé Le Grand publia trois nouveaux ouvrages fort remarquables : *Histoire et la vie de Louis XI, roy de France;* — *Traité de la succession à la couronne de France par les agnats,* c'est-à-dire, pour la succession masculine directe, in-12; — *Traduction du portugais en français de la Relation historique de l'Abyssinie,* du Père Jérôme Lobo, jésuite, continuée et augmentée de plusieurs dissertations, lettres et mémoires, in-4º.

L'abbé Le Grand est aussi l'auteur d'une *Histoire du divorce de Henry VIII,* (3 vol. in-12) qui contient des documents curieux, entre autres la défense de Sanderus et la réfutation de Burnet.

Tous ces ouvrages sont frappés au coin de la vérité et des bons principes. La forme en est intéressante, quoique le style soit sans art et même sente un peu la négligence.

4° CHARLES FRANÇOIS DE LABONDE, SEIGNEUR D'IBERVILLE

Ce personnage fut employé par Louis XIV dans des négociations importantes en Allemagne, en Italie, en Espagne et en Angleterre. Il mourut le 7 octobre 1723. Il avait un frère, Henri François, qui naquit à Villiers-Fossard en 1652.

Si l'on joint à ces personnages les plus beaux noms de la maison de Matignon, Torigni pourra se vanter d'avoir fourni à la patrie française un riche contingent de grands esprits et de grands patriotes.

APPENDICE

Liste des personnes détenues comme suspectes au château de Torigni par mandat d'arrêt en l'an 1793.

OTAGES ANGLAIS

M. Green, père.

Mme Green, mère.

Isabelle, Précilla, Suzanne, Marie-Anne et Jacques, enfants Green.

Melle Jackson, domestique.

DE TORIGNI

M. Lechartier.

M. Richaud.

M. Leforestier des Viveries, avocat.

Melle Pestel-Lahoguette.

Melle de Précorbin de Foulogne.

Mme Lemaigre, couturière.

Mme Duval-Duperron, née Leforestier.

Melle Lavallée.

Mme la marquise de Montamy.

Mme Lepelletier de Mollanday, fille de Mme de Montamy.

Mme de Beaumont.

M. Leforestier, avocat.

Mme Leforestier.

Melle Leforestier du Hutrel.

Melle Leforestier des Vages.

M. Danphernet, baron de Pont-Bellanger.

Melle Danphernet de Pont-Bellanger.

M. Leforestier de la Bazinière, avocat.

Melle de la Gonnivière de Breuilly, qui a depuis épousé M. Le Provost de Saint-Jean.

Mme de la Bazonnière.

M. Le Provost de Saint-Jean, Jean-Charles-René.

Mme veuve de la Maugerie, née Moisson de Précorbin.

M. Lair de Motteville, avocat.

M. Heuzebrocq.

M. Porter de Bretfetz, père.

M. Lepegoix.

M. de Marguerie.

M. Plouïn du Breuil.

DE CERISY-L'ABBAYE

M. du Pucé.

Mᵐᵉ du Pucé.

DE SAINT-FLAGAIRE

Mᵐᵉ de Saint-Flagaire.
Mᵉˡˡᵉ du Rosel.
M. Vimont.

DE SOULLES

M. Louis-Etienne Levilly.
M. André-Jean Duval.
M. François Eudes.
M. François Lavallée.
M. Jean-Baptiste Pousset.
M. Georges Hulin.
M. Jean Lesoucf.
M. François Simon.
M. Jacques Lesouf.
M. François Houssin.
Mᵉˡˡᵉ Catherine Montagne.
Mᵉˡˡᵉ Marie Doyère.
M. François Vastel.
M. Jean Cauchard.
M. Jacques Vastel.
M. Jean Vastel.

DE PLACY

M. Michel Bataille.
Mᵉˡˡᵉ Lechartier.
Mᵐᵉ Destigny.
M. Delaunay.

DE PRÉCORBIN

M. Poupet.
Mᵐᵉ Poupet.
Mᵉˡˡᵉ Rose Poupet.
Mᵉˡˡᵉ Agathe Poupet.

DE LA COLOMBE

M. Potevin.

M. Potevin, fils.
M. Potevin, fils.

DE SAINT-LÔ

M. Dancelle.
M. de Saint-Gilles.
Mᵐᵉ la baronne de Sainte-Marie.
M. Guillebert du Perron.
Mᵉˡˡᵉ Guillebert du Perron.
Mᵉˡˡᵉ Guillebert du Perron.
M. Lasnon.
Mᵐᵉ Lasnon.
M. Guillebert du Perron, curé
   d'Agneaux.
M. Lasnon fils.
Mᵉˡˡᵉ Lasnon.
Mᵉˡˡᵉ Lasnon de Haineville.
Mᵉˡˡᵉ de Saint-Quentin.
M. de Maëter.
M. l'abbé Frestel.
M. Levaillant.
Mᵐᵉ Levaillant.
M. Lemonnier, président à l'élec-
   tion.
M. Bucaille, cafetier.
M. Ledurdinier.
M. Lecacheux.
Mᵐᵉ Lecacheux.
Mᵐᵉ de Montcocq.
Mᵐᵉ de Robillard.
Mᵐᵉ de Lorimier et son fils.

DE LA LUZERNE-D'OUTREMER

M. de Bois-Adam Alexandre-
   François, capitaine d'infanterie, chevalier de Saint-Louis.

DE MOYON

M. Levallois.

M. Henri Lesaulnier.
M. François Lesaulnier.
M. François Ozenne.

DE MONTBRAY

M. le baron de Montbray.
M. Nicolas Martin.
Melle Marie Tardif.
M. Lenseigne.
Mme Lenseigne.

DE SAINT-AMAND

M. Gilles Lepas.
Mme Daligaux.
M. Jean Lebis.
M. Jean Delangle.
M. Gilette Lefoin.
M. Leblond.
M. Dufour.

DU CHÉFRESNE

M. Jean-Pierre Gautier.
Melle Louise Lemonnier.
M. Lebrun.

DE SAINT-VIGOR-DES-MONTS

M. d'Argenton.
M. Laperelle Burel.
M. Jean Leresnel.
Mme Danjou.
Mme Forest.
Mme Cotil.
Mme Enguchard.
Mme veuve Voisin.

DE VIDOUVILLE

M. Dubois des Orailles.
Melle Dubois des Orailles.
Guillaume Halay.

Jacqueline Langlois.
Melle Catherine Bion.
Melle Marie Letulle.
M. Thomas Letulle.
M. Georges Bion.
M. Jouanne.

DE GIÉVILLE

M. Massier.
Mme Massier.
Mme veuve Pommier.
M. Massier.
Melle Henriette Deschamps.

DE SAINT-LOUET-SUR-VIRE

Mme Duval.
M. Joseph Beausire.
Mme Lepleux.
M. Tostain.

DE TESSY

M. Michel Legoupil.
M. Dupré.
M. Pezeril, avocat.
Melle Blondel.
Melle Rabec.
Mme Louise.

DU DAUPHINÉ

M. Renaud.

DE DOMJEAN

La veuve Laumel et ses deux fils.
Jean Sévents.

DE SAINT-MARTIN-DU-BONFOSSÉ.

Mme Marie-Aimée Lebailly.
Melle Catherine Asselin.
Mme Ladroue, née Hébert.

M. Antoine Pican.
M. André Rouelle.

De Saint-Jean-des-Baisans

Melle Marie Levallois.
M. Jean Boquet.
Melle Marie Lejambre.

De Couvains.

M. Lechevalier Guilbert.

Du Mesnil-Opac.

M. Gohier de la Héronnière.
M. du Héricé.
Melle du Héricé.

De Marigny

M. Herouard, maire.

De Rouxeville

M. Deslongchamps.
M. Jacques Bouillon.

De la Meauffe

M. de la Roque.
Mme de la Roque.

De Condé-sur-Vire

M. Le comte de Saint-Suzanne.
Mme Desmontiers.
M. Lebarrier.

De Percy

M. Nicôle.

Du Désert

M. de Bacilly.
M. de Bacilly du Mesnil.

Du Mesnil-Eury

M. Avice.

D'Amigny

M. d'Amigny.

De Montrabot

M. Denize.
Melle Doyère.

Du Havre

M. Plimpel.

De Biéville

M. de Loucelles.
M. Le chevalier de Loucelles.

De St-Ebremond-de-Bonfossé

Mme Savary, maîtresse d'Ecole.

De Saint-Fremont

M. Frigot.

De Bures

M. Damphernet, chevalier de Bures.

De Guilberville

M. Lechartier-Du Mesnil.

De Saint-Pierre-d'Arthenay

M. Leduc.

De Saint-Jean-de-Daye

M. Leroi de Daye.
M. Blondel.

De Quibon

M. François Gosset.

De Gouvets

Jean Huillot.
Melle Marie-Jeanne Huillot.
M. Jean Renouf.
Mme Jean Renouf.

De La Chapelle-des-Bois

M. Pierre Pigeon.

De Troisgots

M. Du Pratelle.
M. Du Pratelle Alexandre-Marie.

De Beuvrigny

M. Bisson.

Du Mesnil-Raoult

M. Chamberland.

De Saint-Clair

M. Pierre Vallée.

D'Airel

M. de Beaumont.
Mme de Beaumont.

De Montabot

Guillaume Renouf.

De Lamberville

Mme Auvray de Villy.
Mme de Sirème.

De Cerisy-Montpinchon

M. de Calange.

De Trinchebray

M. Lebret, garde du corps du roi.
M. Ferdinand Lebret, son fils.

PRÊTRES

Dom Dujardin, moine.
L'abbé Frémont, vicaire de Cerisy.
M. Lecot, curé de Saint-Germain-d'Elle.
M. Ozenne, vicaire de Beslon.
M. Levasseur, curé de Saint-Flagaire.
M. Pinabel, curé de Saint-Suzanne.
M. Guillet, vicaire de Saint-Laurent.
M. Douville, curé de la Haye-Bellefond.

M. Leboutelier, curé de Margue-ray.
M. Lemaître, curé de Percy.
M. du Chasné, curé de Morigny.
M. Dupont, curé de Montbray.
M. Lecanuet, curé de St-Vigor.
M. Barbe, curé de Mesnil-Opac.
M. Hinet, vicaire de la Colombe.
M. Vincent, curé de Beslon.
M. Fleury, curé de la Colombe.
M. Leblond, curé du Perron.
M. Fleury, curé de Villebaudon.
M. Bergie, vicaire de Percy.
M. Chastel, curé de Maupertuis.

M. Lemeurtricier, vicaire de Tessy.

M. Prie, vicaire du Guislain.

M. Diguet, curé de Marigny.

M. Huguet, vicaire de Marigny.

M. Lecluse, vicaire de St-Gilles.

M. Guillot, curé de Quibou.

M. Lemeslier, moine pénitent.

M. Gautier, curé de Saint-Gilles.

M. Letouzé, vicaire de Cerisy.

M. Dupont, vicaire de Sainte-Suzanne.

M. Blouet, curé de Chefresne.

M. Lamoureux, curé de Semilly.

M. Leménager, vicaire de Montreuil.

M. Carbet, vicaire du Mesnil-Vigot.

M. Hamel, curé d'Agneaux.

M. Quoinon, curé d'Hélécrévon.

M. Leheupe, curé de St-Frémont.

M. Heli, vicaire de Saint-Samson.

M. Lemaître, vicaire de Percy.

M. Touchain, vicaire de Carantilly.

M. Lecordier, vicaire de Mesnil-Durand.

M. Lelièvre, curé du Mesnil-Vigot.

M. Lavalette, curé de Moyon.

M. Guillebert du Perron, curé d'Agneaux.

M. l'abbé Mosau de Troisgots.

M. Avoine, curé du Pontbrocard.

M. de Loucelles, curé de la Barre-de-Semilly.

M. l'abbé Auvray, de Lamberville.

M. Aubry, curé de Canisy.

M. Frestel, prêtre de Saint-Lô.

RELIGIEUSES DES NOUVELLES CATHOLIQUES DE SAINT-LÔ

Sœur Lecaplain.

Sœur des Andelles.

Sœur Eudes.

Sœur Lelaisant.

Sœur Jeanne Arthur.

RELIGIEUSES DU BON-SAUVEUR DE SAINT-LÔ

Sœur Guillot.

Sœur Guillot du Longpré.

Sœur Arthur.

Sœur Hélène.

Sœur Previl Arthur.

Sœur Delaune Renard.

Sœur Moncuit.

Sœur Voisin.

Sœur Duval.

Sœur Hamel.

Sœur Dudemaine.

Sœur Guillot.

Sœur Sanson.

Sœur Dubois.

Sœur Potet.

Sœur Laporte.

Sœur Hébert.

Sœur Lefranc.

Sœur Etienne.

Sœur Fauchon.

Sœur Lavallée.

Sœur Angot.

Sœur Alphonse.

Sœur Gautier.

Sœur Lecanu.

RELIGIEUSES URSULINES
DE BAYEUX

Sœur Ursule Lelaisant.

RELIGIEUSES BERNARDINES
DE TORIGNY

Sœur Cécile (Marie-Jeanne Por-
quet).
Mme Dubois de Dives.
Sœur Charlotte Sottier.

Sœur Marguerite Martin.
Sœur Jeanne Aumont.
Sœur Vautier.
Sœur Elisabeth Amé.
Sœur Françoise Deschamps.
Sœur Jacqueline Martin.

Veuve de Val Pierre. } résidence
M. Colardin de Bordes. } inconnue.

Évreux. — Imprimerie de l'Eure, L. Odieuvre, 4 bis, rue du Meilet.

DESCRIPTION DES TABLEAUX ET OBJETS D'ART

APPARTENANT AU MUSÉE

OBSERVATION

Le Musée de la ville de Torigni est, pour le moment, réparti en plusieurs salles également accessibles au public.

ITINÉRAIRE ET EXPLICATIONS

AU REZ-DE-CHAUSSÉE

I. — Salle d'entrée de la Mairie

1º Au-dessus de la cheminée, à droite :

Portrait, peint par Largillière, de Catherine-Thérèse de Matignon, veuve de Jean-Baptiste Colbert, marquis de Seignelay, ministre sous Louis XIV après le grand Colbert, son père; épouse en deuxièmes noces de Charles de Lorraine, comte de Marsan, prince de Mortagne, décédée veuve le 7 décembre 1699, à 39 ans.

A droite : Fête flamande de village à laquelle assiste le Seigneur, du genre de Teniers père.

A gauche, dessus de porte : Moïse sauvé des eaux, par Dufresnoy, d'après le tableau original de Nicolas Poussin.

2º Au-dessus de la porte d'entrée :

Plainte à M. le bailli par une jeune fille contre le jeune homme qui l'a trompée.

II. — Secrétariat de la Mairie

1º Au-dessus de la cheminée :

Jacques III de Matignon, maître de camp, général de la cavalerie légère, tué en duel l'an 1626, à 23 ans, époux de Henriette de la Guiche, fils de Charles et de Léonore d'Orléans.

8

2º Au fond, à gauche :

Henriette de la Guiche, épouse du précédent, devenue duchesse d'Angoulême par son mariage avec Louis de Valois, duc d'Angoulême, — peint par Van Dyck.

3º Au fond, en dessous et à droite :

Deux tapisseries des Gobelins interprétant des sujets de l'*Enéide* avec les inscriptions suivantes :

> In Teucros animum pandit regina quietum
> Quos tuto orantes excipit hospitio.
>
> Æneas Siculis dum jactaretur in undis
> Compulsus ventis punica regna petit.

4º Au-dessus de la porte d'entrée de cette salle :

Françoise Daillon du Lude, épouse du grand maréchal de Matignon, décédée en 1611, peint par Van Dyck.

5º Au-dessus de l'entrée de la salle des Délibérations :

Introducteur des Ambassadeurs au commencement du règne de Louis XIV, par Philippe de Champaigne, selon les uns, et suivant les autres, par Van-der-Meulen.

III. — SALLE DES DÉLIBÉRATIONS

1º Au-dessus de la porte d'entrée :

Léonore d'Orléans, épouse de Charles de Matignon, deuxième fils du grand maréchal, morte en l'an 1639, le 10 juin.

2º Au-dessus de la cheminée :

Enlèvement de Déjanire par Le Guide. (Répétition de l'auteur, dit-on).

3º A droite, du même côté :

Charles de Matignon, deuxième fils du maréchal, décédé en 1648.

4º Sur le côté suivant, au fond :

Le maréchal Jacques II de Matignon, en grand costume de chevalier du Saint-Esprit. — Auteur inconnu.

A gauche, en haut :

Léonor d'Orléans, duc de Longueville, beau-père de Charles de Matignon, lequel obtint de Charles IX que les ducs de Longueville auraient le titre de princes du sang.

A gauche, en haut :

Marie de Bourbon, duchesse de Longueville, belle-mère de Charles de Matignon.

Ces deux derniers portraits sont attribués à Van Dyck.

5º En face de la cheminée :

Triomphe de Trajan (ou de tout autre empereur), attribué à Jules Romain suivant les uns, et, d'après les autres, à Andrea-del-Sarte, auteur de plusieurs œuvres semblables.

Au-dessous :

Bas-relief en plâtre, donné par l'État, représentant le poëte Tyrtée chantant les *Messéniennes,* par Péenne.

AU PREMIER ÉTAGE

I. — SALLE D'ENTRÉE

1º Au-dessus de la porte d'introduction :

Personnage du temps de Louis XIV en costume d'amiral. — Nom et auteur inconnu.

2º A droite :

François de Matignon (fils de Charles), chevalier des ordres du Roy, époux d'Anne de Malon, mort le 19 janvier 1675.

3º A gauche :

Odet de Matignon (premier fils du maréchal), chevalier des ordres du Roy.

Relevé sur ce portrait l'inscription suivante :

« Mre Odet de Matignon, fils du maréchal de Matignon, chevalier
« des ordres du Roy et son lieutenant général au gouvernement de
« la Normandie, mort en 1596, ayant été pourvu du brevet d'amiral
« de France pendant sa maladie. »

4º En face de ce portrait (côté opposé).

Allain de Matignon, en costume du temps de Louis XI, grand écuyer de France sous les règnes de Charles VII et de Louis XI.

Inscrit sur ce tableau :

« Allain Goyon, seigneur de Villiers, dernier fils de Jean de
« Matignon et de Marguerite de Mauny. »

« Se retira en Flandre auprès de Louis XI encore dauphin,
« revint avec lui et commanda à son entrée dans Paris une des
« deux compagnies de gentilshommes entretenus pour sa garde,
« fut bailly du Costentin en 1463, se jeta dans Caen avec sa com-
« pagnie de lances, se défendit contre le seigneur Lescun en 1465,
« fut fait grand écuyer de France en 1465, désappointé en 1468,
« rétabli en 1474, grand bailli de Caen en 1483; il mourut à Caen
« et y fut enterré en 1490. »

5° Au-dessus de la porte d'entrée de la justice de paix :

Portrait de femme inconnue (auteur inconnu).

II. — SALLE DE LA JUSTICE DE PAIX

1° Au-dessus de la porte d'entrée :

Un portrait de femme (auteur inconnu).

2° Au-dessus de la cheminée :

Un attaché de la cour de Henry IV en costume de ville, décoré de l'ordre du Saint-Esprit.

En face, une copie de l'introducteur des ambassadeurs du temps de Louis XIV, placé dans la salle du secrétariat.

3° Derrière l'estrade de la justice de paix :

Une tapisserie des Gobelins avec l'inscription suivante :

Septem prosternit cervo mitatus Achate
Quos fame defessos divin socios.

4° A gauche de la tapisserie :

Portrait d'Odet de Matignon déjà nommé, lieutenant-général de Normandie, qui mourut jeune en combattant pour Henry IV contre les Ligueurs. — Peint par Dyck.

5° A droite :

Une marine par Durand-Brayer, représentant un radeau à la fin d'une tempête. — Don du Ministre de l'Intérieur en 1853.

ANCIENNE CHAPELLE

1° A la porte d'entrée, au-dessus, extérieur :

Princesse de Condé, auteur inconnu.

2° A l'intérieur, au-dessus de la porte d'entrée :

Assomption, par Lebrun.

3° A droite :

Portrait de l'abbé Auteserre, curé de Torigni, décédé en 1851, par Lecerf.

Portrait d'Odet de Matignon (déjà nommé) en costume d'amiral.

4° A l'autel :

Tableau de l'adoration des bergers, par Blanchard.

5° A gauche de l'entrée :

Portrait en pied de Léonor de Matignon, évêque de Lisieux, par Beau-Brun (1661).

6° A gauche de l'entrée de la galerie :

Jean de Matignon, âgé de 7 ans, fils de Henry, enfant d'honneur de M. le dauphin à son baptême en date du 20 mars 1663, mort en 1671. — Tableau de Largillière.

7° A droite de la même entrée :

Charles-Auguste de Matignon, maréchal de France, comte de Gacé, fils de François (1647-1729).

8° Au-dessus de cette entrée :

Résurrection de Lazare, d'après Rubens.

DANS LA GRANDE GALERIE

1° Au-dessus de l'entrée :

Evanouissement d'Esther, attribué légèrement à Nicolas Poussin.

2° Dans l'intérieur :

Deux groupes en plâtre de Arthur Le Duc, l'un à l'entrée étant la *Harde des Cerfs* dont le bronze est au jardin du Luxembourg, et l'autre la *Mort de Roland à Roncevaux* (placé dans la coupole).

3° Sur le pourtour, adossés aux murailles :

Onze grands tableaux, peints par Claude Vignon, élève de Rubens, de 1651 à 1653, ainsi qu'il le dit au onzième grand tableau où il en présente lui-même le certificat, reconnu aujourd'hui authentique par l'Etat qui a déjà contribué à la restauration de cette galerie.

Voici du reste, la description historique de ces tableaux avec leurs inscriptions.

Matignon et Normandie. — Matignon et Cornouaille.

Estienne Goyon, sire de Matignon, s'embarque pour la Terre-Sainte avec Godefroy de Bouillon et Allain Fergent en 1096.

Au loin, sur la mer, s'alignent les vaisseaux qui porteront les guerriers. Au rivage, dans une des barques, Estienne Goyon tend la main à Allain Fergent, duc de Bretagne. D'autres barques sont pleines des peronnages qui vont assister à leur départ.

En haut, des allégories avec les armes, la bannière de la famille des Matignon, et cet écriteau volant :

« Ancienneté, vaillance et la dévotion
« Illustrent à jamais le nom de Matignon. »

Matignon et Guinguant. — Matignon et Vendôme.

Estienne Goyon, sire de Matignon, fils de Denis Goyon est fait premier chambellan par le duc de Bretagne aux Etats en 1183.

Le seigneur Denis de Matignon qui s'est distingué avec les siens dans la guerre contre les Anglais, présente son fils au duc de Bretagne, qui lui donne les insignes de grand chambellan.

Autour de ces personnages se trouvent les différents membres de la cour de Bretagne.

Matignon et Harcourt. — Matignon et Dinan.

Grand combat de Bretons et Turcs en la Terre-Sainte. Les sires de Matignon, père et fils, au nombre des victorieux. 1239.

La lutte a lieu dans la campagne autour de Damas. Bertrand de Matignon a déjà combattu et rompu sa lance. Son fils, Jean, qui est à ses côtés porte un coup mortel au grand Vizir et le duc de Bretagne plonge son épée dans la gorge du roi de Tunis.

Dans le lointain, l'armée chrétienne applaudit à ces hauts faits.

4ᵉ TABLEAU

Matignon et la Hunaubaye. — Matignon et Bretagne.

Mariage de Bertrand Goyon, sire de Matignon avec dame Jeanne de Bretagne, l'an mil CCXLV.

Au centre, le seigneur de Matignon donne la main à sa jeune épouse. A côté de lui se trouve le duc de Bretagne, richement vêtu, qui lui manifeste son affection. Du côté de la mariée, la duchesse de Bretagne mère et la dame de Matignon.

Entre les deux époux, l'évêque de Rennes, Maurice, bénissant l'union nuptiale.

5ᵉ TABLEAU

Matignon et Derieux. — Matignon et Pesnel.

Prise du comte de Montfort dans Nantes par les assistances des sires de Matignon, père et fils, l'an 1342.

Sur la droite du tableau, le duc de Bretagne sur son trône assisté de Matignon père, de seigneurs et soldats et accompagné d'une amazone qui est la duchesse avec sa fille.

Au fond, la ville de Nantes et à gauche le comte de Montfort amené prisonnier par Etienne de Matignon.

Au-dessus de cette scène, la Justice chassant la Discorde avec ses attributs.

6ᵉ TABLEAU

Matignon-Châteaubriand. — Guesclin Matignon.

Bataille de Cocherel près Evreux, gagnée par Mʳᵉ Bertrand Duguesclin où Mʳᵉ Bertrand Goyon, sire de Matignon, son cousin germain, portait sa bannière, l'an MCC soixante quatre.

En avant et au centre du tableau, le jeune Bertrand de Matignon, porteur de l'étendard français, le défend vaillamment contre les ennemis qui l'entourent. L'ange tutélaire de la maison de Matignon le protège.

Dans le lointain, Bertrand Duguesclin se précipite sur les Anglais et les met en déroute.

7e TABLEAU

Matignon et Rochefort. — Matignon et Mauny.

Siège de Saint-Malo, où Bertrand, sire de Matignon et Jean son fils commandaient l'armée navale en 1393.

Au premier plan, se trouve le rocher de Saint-Malo, assiégé par le duc de Bretagne dont le camp est établi sur des côteaux vus à droite et un peu en arrière. Les seigneurs de Matignon, Bertrand et Jean font l'attaque par la grève et l'issue de la lutte qui est vive semble douteuse.

Au haut du tableau, des allégories semblent annoncer la victoire des assiégeants.

8º TABLEAU

Matignon-Duperré-Quintin. — Matignon et de Jancourt.

Au siège de Caen, le roi Charles VII fait Bertrand Goyon chambellan et son frère Alain, grand écuyer de France, 1450.

La scène du tableau se passe dans l'abbaye d'Ardennes, près de la ville de Caen que l'on voit au loin, attaquée par les troupes royales. Le roi Charles VII, armé de pied en cap et assis sous un dais, remet aux deux frères Matignon les insignes des titres qu'il leur confère.

9e TABLEAU

Matignon et Laval. — Matignon et Silly.

Le sire Jacques de Matignon, colonel des Suisses, les commande sous François Ier aux guerres de Piémont, 1527.

Ce tableau représente Jacques de Matignon, colonel général des Suisses, défilant à la tête de ses troupes, devant François Ier, la reine Eléonore de Castille, les enfants royaux et les seigneurs de la cour.

10e TABLEAU

Matignon et Bourbon. — Matignon et Daillon.

Jacques de Matignon, maréchal de France, après avoir réduit la Champagne, Guyenne, Brie et Bourgogne, prend d'assaut la Fère en Picardie en 1580 (5 mai).

Matignon paraît à cheval devant le roi de France Henri III, entouré de sa mère et d'une nombreuse noblesse, et vient, après avoir réduit la Guyenne, la Bourgogne, la Campagne et la Brie et pris d'assaut la Fère en Picardie, recevoir du roi le titre de gouverneur en chef de la Basse-Normandie.

11e TABLEAU

Matignon et Orléans. — Matignon et Bourbon.

Charles de Matignon, fils du maréchal, épouse Léonore d'Orléans, fille du duc de Longueville et de Marie de Bourbon en 1597.

Le tableau représente la table nuptiale avec tous les convives parmi lesquels figure le roi de France, Henri IV, qui se tient à gauche de la mariée et converse avec différents personnages.

Au bas de la table se trouve le marié, Charles de Matignon et au milieu, du côté gauche se trouve le maréchal de Matignon, et à l'un de ses côtés la duchesse de Longueville.

A droite, au bas du tableau, le peintre Vignon présente aux regardants un papier par lequel il témoigne que « la principalle « gloire de la reussye de cette galerye est deûe aux grands et « illustres soins de Mre de Boisgeffray quy par ses doctes instruc- « tions a soustenu les pinceaux » de l'artiste « en ces onze grands « tableaux originaux, faits de » sa main « à Paris en l'espace de « deux années de temps, finis au mois d'avril de l'an mil six cents « cinquante trois. »

NOTA. — Au-dessous des 11 grands tableaux sont peintes des vues anciennes (vers 1640) de diverses villes et bourgs.

On trouve donc sous

Le 1er tableau. Vue du château de Matignon.
2o » Vue du château de la Latte.
3e » Vue de la ville de Granville.
4e » Vue des îles de Chausey.
5e » Vue de la ville de Cherbourg.
7e » Vue du bourg de Tessy.
8e » Vue de la ville de Saint-Lô.
9e » Vue du château de Torigni.
10e » Vue du château de Lonray.
11e » Vue du château de Gacé.

AUTOUR DE LA COUPOLE

Trois belles tapisseries avec les inscriptions en vers ci-après :

Oscula dans Dido complex dona ferentis
Cæca per Ascanii vulnera sentit amans.

Itur venatum multa comitante catervâ
In nemus et comites pompa superba trahit.

Ut profugus cessit delusa cupidine cæco
Desperans Dido : « nunc moriamur », ait.

N O T E

« Hector de Caillières, fils du maréchal de Caillières et frère du célèbre diplomate François, est né à Torigni et non à Cherbourg. Nous avons retrouvé sur le registre paroissial de l'église de Saint-Laurent-de-Torigni, à la date du 12 novembre 1648, l'inscription suivante :

« Hector, fils de Monsieur de Caillières et de demoiselle sa femme a esté baptisé en l'église Saint-Laurent de Thorig(ni) par moi Barnabé Dupont, prêtre curé du dict lieu et nommé par Jean de Vains à l'assistance de Melle de (illisible) le douzième jour de novembre 1648. »

Nous devons donc ajouter à la liste déjà si riche des hommes illustres nés à Torigni le nom d'Hector de Caillières qui se distingua par tant d'exploits au Canada et en devint gouverneur.

TABLE DES MATIÈRES

PREMIÈRE PARTIE : Origines de Torigni-sur-Vire. —
Aperçu historique jusqu'à la Révolution.............. 1
DEUXIÈME PARTIE : Les seigneurs de Torigni.
Chapitre I : Des origines à Jean de Matignon.......... 8
Chapitre II : Les sires de Matignon.
1º Origines de la famille Goyon de Matignon.......... 15
2º Les Matignon, sires de Torigni.................... 18
Chapitre III : Les Matignon-Grimaldi, princes de Monaco. 32
TROISIÈME PARTIE : Torigni à la Révolution.
Chapitre I : Les Monuments.
1º Le Château et ses dépendances 43
2º Les Eglises 57
3º Les Abbayes 66
4º Les Etablissements d'utilité publique.............. 71
Chapitre II : Du Gouvernement civil.................. 75
Chapitre III : Du Gouvernement ecclésiastique 78
Chapitre IV : Histoire religieuse de Torigni pendant la
Révolution...................................... 80
QUATRIÈME PARTIE : 1º Ce qui reste des splendeurs de
Torigni.. 89
2º Personnages illustres nés à Torigni en dehors de la
noble famille des Matignon 95
APPENDICE : Liste des personnes détenues comme sus-
pectes au château de Torigni par mandat d'arrêt en 1793. 102
DESCRIPTION DES TABLEAUX ET OBJETS D'ART
APPARTENANT AU MUSÉE DE TORIGNI........... 109

Évreux. — Imprimerie de l'Eure, L. Odieuvre, 4 bis, rue du Meilet.

www.ingramcontent.com/pod-product-compliance
Lightning Source LLC
Chambersburg PA
CBHW060810250626
47162CB00005B/1731